José María Juan Izquierdo Ortés

ROSAS Y PROSAS

MIS COSAS

Ripios, glosas y prosas

Rosas y prosas

Relatos sencillos donde laten
los sueños, el amor y la esperanza

José María Juan Izquierdo Ortés

© José María Juan Izquierdo Ortés
© Rosas y prosas 2026

Enero 2026

ISBN papel: 978-84-685-9416-3
ISBN ePub: 978-84-685-9417-0
Depósito legal: M-3742-2026

FSC

Editado por Bubok Publishing S.L.
equipo@bubok.com
Tel: 912904490
Paseo de las Delicias 23
28045 Madrid

Nube blanca que vas tan sola en el cielo y tan alta
junto a la luna de plata,
Vendrás a parar mañana, igual que mi amor,en agua,
en aguas de la mar amarga.

León Felipe

PRÓLOGO

Es un honor para mí escribir humildemente este prólogo para la última, de momento, obra literaria de un amigo, José María Izquierdo.

Entrañable, fiel a su oficio, crítico con la mentira y el necio con su ambición, que desnuda su alma con girones de dolor y recuerdos de una vida plena.

Como narrador externo revela su alma con igual ternura que con firme dureza, al reconocerse "pecador y deudor en las 7 galaxias" cómo el negro vencejo de su cuento.

José María Izquierdo se muestra en este libro como fiel defensor de la libertad, de la familia cómo raíz firme y profunda, nostálgico con el recuerdo del amor de su vida, y reflexivo con el valor, a veces con la vejez menospreciada.

"Rosa y prosas" es a mi entender, también una crítica sagaz de la situación político - social de la España del momento, convulso, corrupto, injusto y doliente.

Disfrutad cómo lo he hecho yo, de los retazos de experiencia de un periodista, pintor, carpintero, jugador de golf, escritor, padre, amante, esposo fiel, superabuelo, inventor, artista, disfrutón y sobre todo un apasionado activista de la vida.

Te dejo, querido lector, en manos de un hombre comprometido con la familia, los amigos y la energía vital.

Disfruta del camino que nos muestra en "Rosas y Prosas".

Lola Peñalver.-Periodista.

RIPIOS

Ripios de dolor

Brilla en mi mente
un lucero desde niño
cuando miro al cielo.
Mártir por su fe
torturado por ideas
muerto por Dios.
Cinco rosas de color
Sin más honor que el olvido
Tristeza que no cesa
de un hijo con memoria
que perdona y no olvida.

Ripios a vuela pluma

Si buscas la verdad
fundamento de tu oficio
no des el sí a todo el mundo
por verte en el espejo feliz
sólo los tontos viven así.
Si criticas una reseña interesada
por oficio y convicción
volverán tus calzones del revés
aunque la razón sea la tuya
o del mismísimo Dios.
Los hay que dicen tener conciencia
vendiendo a su padre por un don
defendiendo la patraña
sin admitir crítica o error
valor del voto de hoy.
Amarrados al banquillo azul
dibujan el error del oponente
prometiendo el oro y el moro
que no llega nunca
para salvar sus errores
los de ayer y los de hoy.

Ripios de otoño

Oro en mi huerta arbolada
hojas muertas en baile silente
caprichos del viento
vuelos sin rumbo fijo
hasta posarse en el suelo
para colchón de la nieve
nutrida de ricas simientes
promesa de una primavera
florida y caliente
hasta que llegue el invierno
enseñando los dientes.

Ripios - Aries

Herencia recibida
silencio de mis mayores
que callaban por no ofender
ante un Aries rotundo
tozudo en sus convicciones.
Sin agraviar a nadie
con toda modestia digo
que ante lo negro y lo blanco
me rindo sin condiciones
ante la razón con pruebas.
Ser mayor es un lastre físico
no es un escollo para pensar
o seguir en mis trece
como error irremediable
es una cuestión de libertad.
Que me puedo equivocar, seguro
es costumbre y privilegio
de los que no están recias
sus alas para volar.

Ripios al arbol viejo

Árbol de buena semilla soy y demostrado está, pero
ahora mis raíces se debilitan y están próximas a ceder
y me siento como un arbusto que se dobla sin querer.

Ya no llega la savia al tronco por podas inesperadas
y promesas vanas que secan mis débiles ramas
para hacer de este árbol viejo un leño sin alma.

Pensamientos leñosos pretendiendo hacer fuego
con incendios y sarmientos del pasado que me
riegan con promesas y soflamas.

Hacen de la mentira verdad cuatro progres
bien pagados para cortar el riego de la verdad
del evangelio bendito en tertulias y salones.

Desmochar la historia de este árbol es tan inútil
como trastocar la memoria del árbol que se nutre
de otras raíces hermanas con valores que no
mueren por mucha leña que se añada al fuego para
quemar su origen.

Tronco que nace de principios inmutables y no lo
secan ni cien ganapanes con dos leones de fondo
en las tribunas del odio maullando como gatos.

Ripios al ajo

Su degustación puede terminar con el mejor sueño de nuestra vida gracias al olor de boca que proporciona la ingesta del ajo en general y entre la raza sajona en particular.

Sobre todo, si lo tomamos crudo como los chinos, que al comerlo remedian dolores sin cuento.

Un producto agrícola bendito y maldito según gustos gastronómicos ya que, sin ellos, dicen los expertos cocineros los guisos se quedan sin la gracia y el sabor debido.

Como hándicap a sus beneficios está el olor rechazado que subsiste tras su ingesta, no apto para los días de fiesta. El olor suele tirar para atrás ante la proximidad de los labios de cualquier persona a la hora del beso, sea por despedida tras una cena o al irse a la cama dos enamorados, que de esto va este ripio exagerado.

Pese a su creencia curativa del ajo, yo le perdonaba a mi chica que lo cocinara en casa sin cuento y sin ninguna queja por mi parte para ganarme su voluntad sin conseguirlo.

Lo extraño era que en casa ajena sus guisos con ajo se los comían con gusto hasta mi consuegra.

Domeñaba cualquier voluntad para llevarse el gato al agua de sus deseos por mucho aroma que desprendiera el ajo.

Haciendo historia, vivimos los primeros años de pareja llevando a cabo curaciones chinas debidas al ajo, lo que yo admití de no buen grado, pero tragué ajos a docenas hasta que me harté y dije: –"Hasta aquí hemos llegado, de aquí no paso".

Desde entonces su sonrisa cambió de acera y se generalizó con todo aquel que la cayera bien, para mi envidia ya fuera un vecino, el carnicero o los comerciantes cercanos.

Sin más razón que la envidia, me llevaban los demonios, extrayendo de mi ser los celos más recónditos. Y lo peor para mí fue lo proclive que se volvió a los besos sin ton ni son con cualquiera que no pusiese obstáculos al olor del ajo, que, por cierto, y entonces enfadado se lo hice saber, y, por primera vez en mi vida una mujer me mandó a la mierda.

Yo soñaba celebrar en la cama como antaño por su santo, la gran fiesta final. Se acercó por la espalda a darme las buenas noches bostezando después de comer un ajo como remedio de uno de sus males diciendo: no te doy un beso por el olor que tanto odias; hasta mañana.

Yo sé que nuestra imagen, la del hombre y la mujer al despertar cada mañana no es la estampa más deseada y arruga el ánimo de la pareja más enamorada. Sin embargo, ella soportó durante años los sudores, ronquidos y mal olor de pies sin decir ni pio, y yo no supe disfrutar de sus perfumes por el recuerdo del benéfico olor del ajo que con los años añoro.

Ripio a los reyes magos

De queridos Reyes nada; hasta los ocho años ni siquiera me dejaron carbón. Tengo que reconocer que me lo merecía pues era un ladrón nocturno que entraba en los gallineros del corral del director del internado a robar huevos. Los absorbía a pares pinchándolos con un alfiler en dos lados del huevo. Y no lo hacía por robar, y los Reyes lo sabían: era por hambre. ¿Cómo los voy a querer?

Yo ya había oído decir a mis hermanos mayores que hay reyes sin magia que viven del cuento como dioses y tiene fiesta todo el año sin esperar a Los de la Biblia.

Y ya en mi casa con diez años mis Reinas Magas, tres hermanas que se prendaron de mí, me dejaron una pelota de goma, –buen regalo –decía yo. Jugué muchos más con las de trapo en la calle ya que la de goma desapareció como por encanto. Creo que terminó en la basura por rotura de cristales.

El mejor regalo real, sin los Reyes de por medio han sido mi mujer y mis hijos. Después llegó el regalito mafioso de la pandemia para tocarnos los huevos, que si antaño me quitaron el hambre ahora me han quitado las ganas de comer viendo sonreír en los telediarios a los que comerciaron con la muerte de mis paisanos.

.

RIPIOS A BRAGAS CAIDAS

La pandilla de las "Más Carillas" se las llevan de calle y a bragas caídas a sus lares algunos individuos llamados Padres de la Patria dando de lado a sus juramentos y a sus familias.

Tapan bocas a cientos y a las "más carillas "con piso gratis, paseos por la milla de oro madrileña con gastos pagados, drogas por medio, saunas o casas de campo o de citas para los privilegiados preparadas por los parientes y todo a costa del contribuyente.

Ahora les han nacido enanos como compañeros de negocios o de cama denunciado drogas, vidas alegres que defienden y ponen la mano en el fuego sus conmilitones.

Y a la hora de la buena vida, dicen que el que no corre vuela y que la risa va por barrios, y en estos momentos con sus carcajadas se han reído con ganas de los ciudadanos los regeneradores que iban a terminar con las mordidas de los anteriores.

Se ve venir que la risa cambia de escaños y de San Jerónimo a Génova todos pasarán por Las Salesas si a la justicia no le cortan las alas los conmilitones para evitar que pasen por el banquillo intermediarios, mamporreros y vendedores de humo.

A todos nos toca a todos pedir justicia a voces. Ya no caben ni las vacas andaluzas para asar con billetes de banco los amnistiados por los Eres andaluces, o la Amnistía General para los depredadores de mil colores capitaneados por un zapatero que merca y manda más que un ministerio de Exteriores.

GLOSAS

SÚPLICA

Tolerancia pido por mis notas
porque según creo,
la importancia de mis apuntes
se quedan en música celestial
donde sólo el amigo te salva.
Pido, que, si juzgáis lo escrito,
lo hagáis con un mínimo de piedad
en la crítica de mis notas
como el agua que limpia y fija
la Academia de la Lengua.
Que el brillo quede en promesa
de un mejor mañana.
Y solo pido delicadeza en el juicio
perfumado de amistad
como reflejos del agua sin más.

.

Alma impaciente

Entender y creer en lo divino
me lleva a pensar en mi alma
impaciente y perdida
entre moderadas voces a las
que escucho impotente,
provenientes de otro mundo
sin entender el mensaje.
Hablan de fuerza y sacrificio,
pensando en la vida de Cristo,
sin saber que ando aturdido
por debilidad de mi mente,
tocada del ala que se pierde,
como loca y asustada,
a la espera del soplo divino.

ALMA PERDIDA

Por pensar en lo que creo
ratifico el valor de mi alma
espíritu creador
fundido por el sol
y el brillo de cosas vanas.
Oigo por dentro voces
conciencia de mis principios
para apreciar lo que valen
en la intimidad de hoy
sin valores ni substancia
como moneda pasada.
Aliento sagrado
soplo de Dios a la baja
que a todos nos llegará
con el último suspiro.

.

Alma Viajera

— ¿Qué deseas alma errante?
— Un imposible, lo sé:
— Que no se apague la luz
en esta vida sin ella,
como borracho de amor
caminando de nuevo al nido
para repetir la historia.
Corriente divina
dotada de bienestar
como valor del pasado,
nostalgia de un vividor
que no piensa en otra cosa
que soñar con ella,
peregrino de su amor.
Consciente de lo imposible,
aliento feliz en celo,
vagabundo buscando rimas
perdido entre rosas y prosas,
harto de noches sin fin,
dibujando versos a la luna
que me lleven de nuevo a ti.

Recuerdos

Medio siglo de recuerdos tengo
suma y sigue cada once de agosto
que laten en mi alma viva
para darles nuevo aliento.
Sólo yo sé cómo fue
lo irrepetible de la relación
que hubo entre ella y yo
como caída del cielo
regalo de Dios.
La soñaba inalcanzable
lo logré con calma y tesón
para darnos a los dos
la fortuna de por vida.
Sueño amoroso
como locura sin par
que se hizo realidad
y no se olvida.
.

DESEOS DELIRANTES

Yo deseo....
Que de mi boca a tu oído
no se enfríen mis anhelos
y tiemble tu pelo rojo
al soplo de la pasión.
Yo deseo....
Alas libres a mi arrojo
Abriendo tus ojos
Si los míos hacen fiesta
y en los tuyos hay amor.
Yo deseo....
Labios abiertos
sobre los míos,
libres de lazos castos
jadeos sobre mi pecho
latidos vivos del corazón.
Yo deseo...
Sueño venturoso que no acabe,
tu cabeza entre mis manos
temblorosas de pasión,
hasta dejarnos exhaustos
sin aliento y sin vigor.

Amor a manos llenas

Mi lucha fue merecerte
dándote amor a manos llenas.
Como premio una sonrisa,
Alegría de mi vida,
asegura premisa
que finalizó en silencio.
Amanecer maldito
que se llevó mi alma
en una mueca fatal,
clavada como recuerdo
hasta la eternidad.
Manos y alma vacías
sin opción a la súplica
de quien pide y nadie oye
los motivos de su adiós
de una mujer sin igual,
que dejo recuerdos vivos
sobrecargados de amor.

SIN OLVIDO

No hay día del año en soledad
que no lata mi corazón por ella
ni mañana cuando salga el sol
o cualquier día de la semana
sin pensar lo que vivimos
sesenta años de felicidad
que no son para olvidar.
Espontáneo dolor sin fin
que se repite sin remedio
las cuatro estaciones del año
por un amor que no muere
a cada paso que doy
como lo hicimos en vida.
Su ausencia quiebra mis aficiones
y no hay música ni verbo
que levante mi alma del suelo
pensando en mi pareja divina.
Sin más horizonte anhelado
que acariciar su pelo y su piel
como lo hicimos antaño
en un reventón armonioso
sueños que no se olvidan

CUMPLEAÑOS VACÍO

Jornada la de hoy vacía
que la llenaba Rosario
con su sonrisa temprana
que a todos nos dedicaba.
Recuerdo triste y doloroso
por los años que no cumple
en este amanecer glorioso
sin el abrazo festivo.
Hoy quedará en el aire
sin su figura real
y al abrigo de su sombra
repetir felicitaciones
como si estuviera viva.
Ahora la tengo en sueños
al despertar de cada día
germen de amor y ternura
madre de las sonrisas
semillero de noche locas
días para el recuerdo
hasta que se fue al cielo.

Nostalgia

Frio invierno
verde y blanco nevado
jardín y patio
vacío de rosas.
Flores de diverso color
blancas como su piel
azafrán como su pelo.
Las regó durante años
fluyendo aromas de diosa
ya no hay olor ni color
secas por falta de riego.
Mustias hojas que se quiebran
con solo tocarlas
como el olor de su cuerpo
que se anula sin remedio.
.

Triste adiós

¿Qué razón hubo que no entiendo?
¿Ni motivo para un adiós sin despedida?
¿Quién te enseñó el lenguaje
musical del silencio amargo?
¿Cómo a pesar de ello
nos dejaste luz al apagarte
para encontrar a Dios
en todas partes?
¿Cuándo te enseñaron a trazar
ejemplo y temple de cariño
familia fija y perenne?
¿Dónde moldearon tu extensa frente
que añoro como faro y guía de mis días
para llegar al lugar donde te encuentres?

PERIODISTAS

Si buscas la verdad,
no esperes siempre el sí
para sentirte feliz
sólo los tontos viven así.
Con el tiempo aprenderás
que la razón que propones
es más cierta que el sol
si lo haces por oficio.
Si te alagan y te premian
bien venido sea
sin inflarte como un sapo
no sea que se pierda el mensaje
por la alcantarilla de lo fatuo.

La cruz del monte

Erguida y alta está La Cruz
Cuelgamuros del monte
que sólo la mueve el viento
y así seguirá firme y recia
si no la tiran las cabras
o los machos de su tribu.
Ahítos de rencor
odio irredento
para que deje de ser
Cruz redentora
amor consumado
amparo de buenos y malos.
Por una España mejor
murieron según su credo
y todos están en el cielo
desde el que solicitan
Paz de una vez.
Que no la rompan los sin credo
almas negras de filibusteros.

ORACIONES AL CIELO

Silencio y paz
valle de luz, Buenafuente
siglos de aguas divinas
regando huertas.
Manantial de origen lejano
que brota en el claustro
curando heridas
dejando el corazón sano.
Bálsamo de peregrinos
Plegarias de monjas
dedicadas sus vidas
a la comunicación con Dios.
Crisol de oraciones
entre piedras silentes
cruzados de la fe
bañados en aguas divinas.

Esperanza

El manantial se secó
como agua pasada
que dejó sin más
vacío el torrente.
Sólo amor y nostalgias
sin una gota de lluvia.
Volver nubes del cielo
destilando esperanza
lágrimas de rocío al alba
que humedezcan
de nuevo mi alma.
Deja caer nube fecunda
agua que generará
frutos de amor y consuelo
sobre un árbol viejo
que dará frutos de nuevo.

DIVISIÓN AZUL

Voluntarios en la estepa
hielo y ráfagas de fuego
sin visión del cielo
guerrilleros españoles
viviendo el infierno ruso.
Envuelto entre nubarrones
batallón azul español
con pestañas congeladas
gime el viento glaciar.
Reflejos de plata en el agua
Hilmen, lago de hielo
baño de Luna
gélida y tenebrosa.
Hasta que el sol la salve
del frígido sufrimiento
soldados con un sueño
volver al calor de la patria.
.

Deporte privilegiado

Aficionados al golf:
Sabed lo que jugáis a esto
Que el golf es un pasatiempo
en plena naturaleza
y a campo abierto.
Privilegio de unos pocos
que se dan la buena vida
para lograr una machada.
Hacer un hoyo en uno,
En dos una entelequia.
Eterna esperanza perdida
Por el deseado par
Que se logra pocas veces.
Como recuperar las bolas,
Las que se van al agua
O se las traga el rough
Para bajarnos los humos.

MI ARBOL Y YO

Naturaleza de fuertes raíces
árbol entrado en años
que ya no da fruto,
solo sombra y nido de aves
que vuelan a otra arbolada
porque este no da ni sombra.
Ya no sirve de refugio
arrugado y de costra vieja,
tallos de pigmento incierto,
sufridor de malos vientos
al albur de lo que venga.
Árbol que sufre empujones
que contradice sus años
esperando que la primavera,
el sol y el agua,
lo haga rejuvenecer
y vuelva a dar fruto.
Solo una petición
naturaleza abierta,
no dejes que se pudra el palo
ni que se agusane el leño.
Espera a que su savia aflore
Y que tenga vida por muchos años.

OCURRENCIAS AÑEJAS

El cielo no brilla como siempre
tiene el color acerado
gris oscuro como la muerte
que al presentirla cercana
lo que más duele a los viejos
es el reproche familiar
por cuestiones ancianas.
Los viejos tienen piel de lagarto
pero el interior no es de esparto
escuchando sermones
que no van a ninguna parte
con borrosas acusaciones
y certezas intolerables
Que, suma que suma errores
Gentes de mala baba
dejan con el culo al aire
colgado de la brocha al longevo
ante tantas acusaciones,
alguna quizá cierta
que cada uno las pinta
del color que mejor sienta.
Dañar el presente de un viejo
con rencillas pasadas
cegarlo de moratones
si su vida se acaba
es sembrar de cizaña vana
maldiciones de burro
que no llegan al cielo
y es una salvajada.

PROSAS

La providencia

Siempre, desde que vine al mundo, ha gravitado sobre mi existencia la mano protectora de La Providencia. O, dicho de otra manera, recepción de ayudas a largo de mi vida con influencias ajenas. Si no, no tiene explicación las dificultades que he tenido que sortear hasta llegar al matrimonio sin romperme la crisma y no han sido sólo por mis méritos.

Poseo testimonios directos e incuestionables desde que tengo uso de razón y, de algunos daré cuenta durante este repaso a mis prosas. La mayor, semblanza o crónica entrañable de una unión que gravita en mi disco interno recordando ayudas externas.

Desde que ella se fue, cada día sube mi alma al cielo en busca de razones, sin recibir consuelo. Y a pesar de ello, tengo que admitir que esa Providencia en la que me apoyo motivó su ausencia tal como sucedió.

Un día antes de su adiós era domingo y durante la preparación del desayuno, preparando cada uno el suyo, se detuvo en la faena y se dirigió a mí de forma emocionada:

— Tú que sueñas tantas cosas –dijo–, esta noche he tenido que levantarme para hacerme una tila a causa de la excitación que me ha producido el sueño.

— ¿Tan malo ha sido?

— No, al revés; nuestro hijo Teodoro ha venido a casa desde el cielo para entregarme un ramo de flores por mi cumpleaños.

— Quien tiene hambre, con pan sueña –dije sin darle mayor importancia al sueño. –Quizá, añadí, ha sido por recordarte la fiesta.

Ese domingo tuvimos la suerte de poder agrupar a casi toda la familia para celebrar los 88 años de la esposa, madre y abuela.

La felicidad se mascaba entre todos los reunidos. Se soplaron velas de la tarta, se brindó con cava y hasta Charo, la homenajeada, se permitió beber un Whisky como lo hacía una vez al año al son de las campanadas. En vez de uvas chupito de licor a la garganta.

Regresamos a nuestra casa comentando la suerte que teníamos al poder disfrutar de una familia en la que todos eran guapos y gozaban de buena salud, dando por hecho el cariño que nos unía.

Nos tomamos un yogur y nos fuimos a la cama, cada uno a la suya, y al despedirnos no me dio un beso como de costumbre, solo me acarició la cara;

— Hasta mañana, me dijo.

— Y ese mañana nos vistió de luto el alma.

Parece que adivinó con el sueño de la entrega del ramo de flores de nuestro hijo Teo su muerte al alba. Un amanecer que ella no vio y a nosotros nos dejó con el ánimo herido para siempre.

Por ello cada día me hierve la sangre por la pérdida de un amor que sigue perenne. Y caigo en la cuenta, una vez más, en esa repetida Providencia que se hizo patente en nuestra larga unión, que se rompió con su viaje al más allá sin previo aviso.

La previa merece punto y aparte.

Éramos apenas unos adolescentes de dieciséis años cuando ella reparó en mí y no de buena manera.

Yo ya la tenía en mis preferencias afectivas, pero mi presencia un tanto desaliñada no era lo más apetecible para una belleza como ella. Por eso erre que erre me hacía el encontradizo, y con tal de verla de nuevo recurrí a mil artimañas para conseguir siquiera una mirada, aunque fuera despectiva. La verdad es que yo la consideraba inalcanzable para conseguir una cercanía.

— Ahí viene otra vez ese adán, –decía a sus amigas mirándome con desprecio. Ese era su comentario ante mis insistentes paseos delante de ellas antes de que se dignase reparar en mí.

Cuando lo logré, mejor vestido, me quedé sin saliva y una boca más seca que un higo viejo por la emoción que supuso sin poder articular un saludo e iniciar una conversación.

Durante un tiempo, y en contadas ocasiones, seguí sus pasos a distancia como un sabueso tras la codiciada presa, tanto si iba sola como acompañada, ya fuera en misa o en el metro cuando se desplazaba a casa de sus tías sin perderla de vista.

Pero, oh casualidad, se hizo presente La Providencia. Su única hermana estudiaba un curso de inglés conmigo patrocinado por la Asociación de la Prensa de Madrid a la que yo pertenecía. Y me pidió el favor de conseguir que su hermana mayor pudiera participar como invitada.

Lo logré y ello me abrió las puertas a la convivencia con ella de por vida, con algunas restricciones si intentaba ahondar en sus anteriores vivencias afectivas.

— Déjalo estar. Mi cariño mayor es para mi abuela, que no me parió, pero ha sido mi madre, ya que mi padre me entregó a la suya porque la mía no soportaba mi presencia.

En cuanto a mi amistad con otros varones son agua pasada como gotas de olvido y son cosas mías. No insistas, Izquierdo: "estas son lentejas, si quieres las tomas y si no las dejas".

Y tomé un puchero de ellas.

A la amistad con paseos interminables, cines de sesión continua en invierno y parques en verano, surgió el tira y afloja de un noviazgo que fructificó y duró más de cinco años con la animadversión familiar. Tanto la de ella, porque la destinaban a otros pretendientes, y no a uno como yo, que, según su abuela, parecía "un gitano de medias suelas".

En cuanto a la mía, no sé por qué, o quizá sí, no les entraba en la cabeza mi decisión de abandonarlos para crear mi propia familia con la mujer de mis sueños.

No había para mí una pareja como ella: elegante, bien parecida, guapa sin ser una belleza, algo más alta que yo y dotada de una sonrisa que enamoraba a quien la tuviera delante, y de lo que tengo certeza. Más de un "amigo" intentó lograr sus favores a mi espalda y se quedaron con las ganas.

Todo lo dicho daría para escribir una novela, pero mucho más lo que vino después.

Al fin la boda llegó y en la que influyó más el corazón que la razón. Lo hicimos el 11 de agosto de

1956 sin más dote que la animadversión de ambas familias con su punto de razón.

Ella tenía 22 años y yo uno más, con escaso salario y sin vivienda. Hasta que la conseguimos la familia nos dio cobijo. Hubo quién pensó que la boda fue de penalti, por lo imprevisto de la decisión.

Las dos familias lo celebraron en el mismo restaurante donde se encontraron de casualidad. Y cuando el maître preguntó por los novios, –dijeron: –han salido de viaje como única explicación. Y era verdad y hasta lógico por cómo discurrió el enlace matrimonial.

La novia no tuvo dote alguna y el novio la última paga extra y seis camisetas y otros tantos calzoncillos. Mi madre pagó el traje de novia, que se lo tuvo que poner en casa de una tía porque la abuela con la que vivía la amenazó con romperlo.

Dicho esto, tomamos un autobús hacia Valencia, paramos en Motilla del Palancar para comer un bocadillo. Llegamos a casa de la familia de ella, donde nos dieron cobijo durante el viaje de novios porque no teníamos dinero para otras ubicaciones.

Del resto se encargó esa Providencia mía, mi esposa ya, y mi tesón.

El compromiso fructificó gracias a la madre de mis hijos de la que nacieron cinco maravillas, tres varones y dos mujeres que se fueron educando de la mano de ella y de mi esfuerzo profesional.

Y por si fuera poca la suerte –ya lo decía ella: – las féminas y los varones casados con nuestra descendencia son un regalo añadido a nuestras vidas como ramas de un mismo árbol y buen arraigo.

Los dos teníamos demasiadas muertes familiares sobre nuestras espaldas. Las fuimos analizando en largas peroratas al filo de las citas o conmemoraciones del fallecimiento de nuestros padres, el de ella un castigo increíble, y el mío terrible.

Milicianos del Frente Popular en 1936 situaron durante varios amaneceres a mi suegro frente a un pelotón de fusilamiento, y solo él quedaba con vida. Tenía que delatar y dar nombres de clientes suyos en la peluquería del Casino de Madrid. Se negó y lo mandaron preso a Mataró hasta que terminó la Guerra "Incivil".

Lo de mi padre resultó otro martirio definitivo. Sin más razón que figurar en un archivo como Jóvenes de Acción Católica, a mis dos hermanos mayores con diecisiete años Teodoro y Lorenzo con 19, los encarcelaron y allí se hicieron seguidores de José Antonio Primo de Rivera. A mi padre, a altas horas de la noche, le llevaron a declarar milicias socialistas, y tras el interrogatorio lo llevaron a casa. Volvieron a por él, dos días después y no regresó.

Lo fusilaron en la Pradera de San Isidro al amanecer del 24 de noviembre de 1936 dejando una viuda y ocho hijos al albur de los acontecimientos. Yo tenía cinco años y el mayor dieciocho.

Esta historia familiar de hechos particulares y de gente con sangre caliente, no la puedo olvidar, depositando el perdón en manos de Dios.

Y no logro arrancar de mi conciencia la vida y la muerte de mis seres queridos, y la más, la de la mujer que supo sobreponer su amor a mis méritos como marido.

Por estos acontecimientos de antaño y por los que vivo hoy con la ausencia de mi esposa, caigo en la cuenta, una vez más, en esa repetida Providencia que se hizo realidad en nuestro largo matrimonio y se hace ver aún hoy, en esos amaneceres sin sus besos y la triste soledad. Y aunque me duele su ausencia como nadie imagina, pienso en la oportunidad de su último viaje en solitario, en busca de su felicidad eterna que la compartiremos más pronto que tarde.

Hasta pronto, querida.

BESOS AL AIRE

Qué baratos son los besos dados al aire y el cariño repartido a golpe de clic en la computadora, que no pasa factura por mentir.

Querer a tantos a la vez es como repartir calderilla que volverá a tu bolsillo. Porque a quien le das ternura a través de este medio te la devolverá y hará lo mismo con otros multiplicándolos por mil, y así se reparte el aprecio paleto; una caricia falsa y sin afecto que recoge el necesitado de estima por unas monedas de ficción, como es la falsedad del amor por teléfono.

El verdadero cariño y la amistad es otra cosa; es quedarte en bolas para vestir al que quieres o amas, para abrazarle y darle consejos, y no a todo el personal que está frente a la pantalla del ordenador.

El beso en la cara para unos pocos es estricto de verdad; no es lo mismo repartir al albur lo que más vale de ti o entregar a lo loco el cariño que condensas para tus elegidos. Esos son oro de verdad y no calderilla de ordenador para aquello que dicen ser tus amigos y se pierden como las aguas de un río.

ODISEA VITAL

Lo sé porque me lo contaron o puede que lo haya soñado sin haberlo vivido:

Por la cuesta debajo de mi calle veo venir la gigante figura de mi padre vestido con traje de batalla: pantalón de pana, calzando zapatillas y una camisa que cubre un delantal. Lleva de su mano una bolsa llena de bolas de vidrio para jugar a lo que llamaban canicas y sobre su hombro mi hermano el juguetón.

Según mi madre, llegó a regazo de ella como una bala y asustado por la cara que traen los dos, por los lloros de mi hermano y por las voces que da mi padre.

— No me gusta que mis hijos cuando no tiene clases salgan a jugar a la calle. Me obligan a abandonar el trabajo por la dichosa manía de los juegos en la calle, sobre todo de los dos mayores.

Lo mismo que la pasa al tercer varón, Félix, enfermo de Polio, que entonces castigaba a los más jóvenes de la población española.

Otra de las imágenes de mi padre que tengo en mente, según contaron, es verle caminando cuesta arriba llevando a hombros a este hermano hacia el colegio, y vuelta a casa, rápido, para incorporarse nuevamente a su banco de trabajo de carpintero.

De esa faena diaria salen las cuatro pesetas que sirven para alimentar a una familia numerosa. Las administra mi madre, que además borda pañuelos, mantelerías y otras lindezas para ayudar al mantenimiento del hogar. Al finalizar el día, el rezo acostumbrado y a la cama, yo a la habitación de mis padres y el resto de los hermanos, de dos en dos, a sus camastros.

Hasta aquí lo relatado y, a partir d esto, mejor será callar, pero es imposible el olvido.

Sin saber entonces porqué, a dos de mis hermanas y a mí nos llevaron evacuados en la primavera de 1937 desde Madrid a Camporrobles, un pueblo entre Cuenca y Valencia. Me explicaron, sin que yo comprendiera nada, que este viaje nos libraba de la guerra.

Seguía sin entender nada al llegar a este pueblo. Sus gentes esperaban en la plaza el camión lleno de niños, entre los cinco y los doce años. Todos muertos de hambre, que se dice.

Nos reciben los lugareños con curiosidad, queriendo adivinar en sus expresiones las necesidades de los chiquillos.

El alcalde explico a sus vecinos:

— Vienen desde Madrid, evacuados por la guerra de las manos del Socorro Rojo, huyendo de las bombas que están cayendo sobre la gran ciudad. Allí han dejado llorando a las familias, que prefieren desprenderse de ellos por unos meses a quedar sin ellos de por vida.

En el grupo llegaban dos niñas y un chico que son hermanos, sin parecerse en nada; las dos muy guapas y el niño, un enano que no levantaba dos palmos del suelo.

Cada familia del pueblo escoge a los niños según sus preferencias; unos por la edad, otros por simpatía o porque en su casa hay una niña o niño a los que hacer compañía. Ese fue el caso de mi hermana mayor e incluyeron a la pequeña de cinco años.

La plaza se quedó casi vacía con el alcalde y el alguacil viendo como desaparecen por las calles de la localidad las familias con sus nuevos vástagos. Entre los dos funcionarios queda un crío con aspecto de gitano y mal vestido porque nadie lo ha escogido.

El camión arranca de vuelta y que da el chiquillo más solo que la una siendo observado desde la única taberna por un grupo de bebedores que miran al niño con curiosidad, y el menos bebido decide acercarse a él con ánimo de llevarle a su casa.

Asustado por la mala presencia del posible tutor, el crío echa a correr, huyendo de la intención de ser acogido por un borracho y termina escondido en uno de los vagones de mercancías de la estación.

Al encontrarle, se lo llevan al domicilio donde vivirá con una pareja de ancianos en una casa con corral, pozo de agua, con gallinas, un cerdo y un burro con más necesidad que sus propietarios. Buena gente que se alimenta de lo que la huerta da y poco más.

El viaje en camión y el hambre se olvida, pero queda en mente las pulgas del patio y los piojos que la dueña, ya mayor, buscaba con la cabeza del niño entre sus rodillas, dejando un aroma inconfundible en la memoria del que hoy lo relata.

Si aquello se ha olvidado, la vuelta a casa fue peor. Al llegar a ella vi a mi madre tendida en la cama. O esta era muy grande o mi madre muy pequeña, con un rostro cadavérico. Me negué a besarla y rechacé el abrazo pretendido, negando entre sollozos que fuese mi madre.

Y como de la muerte de mi padre no me había enterado bien por mi corta edad, al preguntar por él, prefiero cubrir la respuesta con una densa gasa, para no decir lo que siento ni las lindezas que me vienen a la boca.

11 M. -Lo que no se olvida

Me llevan los demonios al pensar en aquella fecha de marzo de 2004 en la que murieron 192 personas y 2.000 heridos en los trenes de cercanías de Madrid días antes de las elecciones.

Todavía hay muchas incógnitas en una patraña vergonzosa que se gestó dentro y fuera de España por intereses políticos, y que, por lo mismo, llevaron a cabo la destrucción de pruebas con los trenes. Otro tanto ocurrió con la eliminación en el piso de Carabanchel de los inducidos terroristas.

Algunos de ellos estuvieron presentes el día anterior presenciando el partido de futbol que se jugaba en el Bernabéu entre el Real Madrid y el Bayer de Múnich, al que acudieron una pléyade de árabes custodiados y dirigidos por agentes de paisano, que los llevaba como drogados por el metro de Madrid como si fuera ganado humano venidos de fuera.

¿Quién sacó sus entradas, cómo y cuándo viajaron desde Marruecos, y qué personas los condujeron hasta el piso de Leganés que resultó ser su tumba?

¿Quién los acorraló en aquel piso y quién colocó la dinamita que cerró sus bocas para siempre, haciendo del silencio oro para ocultar a los verdaderos cerebros de aquel genocidio? Una inmolación que se llevó por delante a un número incierto de árabes y a un policía nacional que no estaba en el ajo, y cumplía con su obligación de vigilancia.

Ni Satanás lo hubiera urdido con tanta eficacia y maldad. Un atentado que me recuerda al del almirante Carrero Blanco-

Quien o quienes movieron desde la impunidad las piezas de un asesinato múltiple todavía duermen tranquilos en la nebulosa de las investigaciones. Y me temo que, si salieran a flote los resultados, nos dejarían sin respiración y con el hígado dañado.

No es un consuelo que algunos de la mafia canalla que organizó la matanza hayan pagado con su muerte el mayor atentado de la historia de España. Algunos seguirán vivos. Pero hay muchas preguntas sin contestación y cómplices, que terminarían en prisión.

MIS HERMANOS MAYORES

Los encarcelaron con 16 y 18 años en 1936 por figurar en un archivo de Jóvenes de Acción Católica. Cuando los liberaron a punto de terminar la contienda, mi regreso a casa posibilitó mi encuentro con ellos. Contaron barbaridades a su paso por las checas, y ya con siete años comprendí, en tono menor, su amor a la Paria. Por esta, y para luchar contra el comunismo se enrolaron en la primera expedición de la División Azul. Uno de ellos, el mayor regresó herido y con mil secuelas incompatibles con la vida. El otro, que figura en esta fotografía le operaron en Riga de lesiones en los pies por congelación –que fue lo de menos–, decía.

Los progres de hoy enmudecen su hazaña, hasta querer retirar el nombre de una calle de Madrid en su honor.

Desde el frente de Nóvgorod, a orillas del lago Ilmen, mi hermano Teodoro (el de la foto) nos envió una postal dirigida al pequeño de la familia, o sea a mí, recordándome mis obligaciones de estudiante y buena conducta que me dejaron hecho polvo.

En folio aparte decía:

Querido hermano:

Dentro de poco volveremos a España y te contaré cosas de estas tierras frías de Rusia a donde hemos venido para que el comunismo no se apodere de Europa. Estoy tan helado como el lago que tenemos que cruzar para proteger una posición alemana en peligro. Lo peor es el viento, que sopla y se mete hasta en las entrañas. El frío congela hasta las piedras por lo que muchos de mis camaradas han vuelto a España. Yo de momento estoy bien. Nuestro hermano Lorenzo se ha librado de este infierno por estar herido sin importancia en un hospital de Riga, y más pronto que tarde volveremos para España. Espero que hayas modificado tu comportamiento. Besos a todos.

Postdata:

Ya sé que es difícil, pero si fuera posible oculta esta misiva y díselo al cartero para que no la vea nuestra madre que no quiero que se asuste con la situación en la que estamos y no la gustará.

Lo que la hubiera asustado de verdad era conocer la historia de lo estaban pasando sus hijos. Se sabe que 206 esquiadores, entre los que estaba mi hermano, unidos a una docena de soldados de la Wehrmacht, bajo el mando del capitán José Ordás, sufrieron docenas de bajas por el fuego enemigo, unido a las bajas temperaturas de aquellos lugares, que llegaron a superar 53 grados bajo cero.

Sobrevivieron una cuarentena y solo 12 recibieron la Cruz de Hierro colectiva y el capitán la individual.

Poco precio por la entrega de unas vidas que pasarán al olvido si no lo comunicamos aquellos que sufrimos las consecuencias de ambas guerras.

Escuela primaria del hambre

A esta aula universal del hambre han asistido incontables seres humanos desde que el mundo es mundo y sigue siendo la peste universal. La multiplicación de los panes y los peces no se ha repetido desde que sucedió en el lago Tiberiades, según nos contó San Lucas en Los Evangelios.

Yo, por mi parte, siendo un niño, participé en una de ellas, la más pequeña academia del hambre, quizá sea así, si la comparamos con las hambrunas que a lo largo de la historia ha padecido la humanidad. No se ha de olvidar que, sin estadísticas entonces, morían tantos niños por falta de alimentos y salubridad que soldados en los campos de batalla.

Pero no por eso, la mía, la que yo padecí, esa gazuza maldita, ha sido la mejor enseñanza en el mejor seminario particular en el que mi madre, cuando se nos caía el pan de las manos lo recogía y lo besaba dando gracias al cielo. Costumbre religiosa por el escaso alimento que comíamos con abvidez.

De ello fui consciente cuando al deportarnos por la Guerra española del treinta y seis, mi hermana mayor, dieciséis años, en una parada antes de llegar a Campo Robles, lugar de destino, compró una hogaza de pan, la repartió entre los tres hermanos, los más pequeños de seis y cinco años. Nos la comimos en un abrir y cerrar de ojos, es un decir.

Desde entonces, el hartazgo de carencia alimenticia se hizo la reina de mi existencia y me convertí en un pequeño mendigo que acudía a mis hermanas solicitando una mojadura de pan en sus huevos fritos. Me sabían a gloria bendita porque en la casa que me acogieron, había gallinas, pero nunca vi los huevos.

De vuelta a Madrid las cosas no mejoraron y tuvimos que comer toda la familia judías amargas, más baratas que las normales, como único plato. De segundo, las mondas de las patatas fritas en tortilla sin huevos, sustituidos estos con una anilina llamada albúmina de color amarillo cadmio. De postre, un manjar añadido tras la ingestión de la fruta; cáscaras de naranja con la fécula blanca interior como aporte mineral, hasta entonces desconocido.

Para evitar la abstinencia obligada de toda la familia, mi madre solicitó mi ingreso en el Colegio de San Fernando, antigua inclusa en el término de Fuencarral, regentado por la Diputación de Madrid. Institución que presidía el Marqués de la Valdavia, que acogía a los huérfanos de la capital.

No hay que decir que los únicos que no sufrían necesidad eran los dirigentes y subordinados del colegio, empezando por la familia del director, don Manuél Colás, los rollizos de sus hijos, terminando por el último servidor del lugar que cuidaba del huerto y del bendito gallinero con el que yo soñaba.

Aquí se hizo verdad el dicho "Más hambre que dios talento", y fue cierto hasta que para paliarla me convertí en un ladrón con nocturnidad. Entraba en el gallinero, amparado por la luz de la luna a robar a las gallinas sus huevos.

Sin zapatillas, para evitar el ruido de las pisadas, y provisto de un alfiler, agujereaba la cáscara para absorber los que me daba la gana. Hasta que una noche a los bichos les dio por cacarear más de lo acostumbrado y me pillaron con los huevos en las manos.

No rompí ninguno y a mí me rompió la cara el celador que de una oreja me llevó al dormitorio general y más tarde ante el director. Me recibió como a un delincuente común, sin considerar que robaba por hambre producto de su mala gestión, o quién sabe si peor.

La falta de alimentos la suplíamos con la flor de las acacias, que causaban un aumento de vientre enorme. El remedio de los cuidadores eran vasos de agua caliente para que no reventaran nuestras barrigas con aquel alimento, no apto para comerlo con ansia.

Sin otras ideas al alcance de mi edad, saltaba las tapias del cercano Monte del Pardo para afanar bellotas y llenar la panza sin advertir que aquello ocasionaba un verdadero tapón a la hora de descomer. La suma de mis excesos delictivos, según el director, me llevó a la expulsión causando a mi madre más dolores de cabeza que los que ya tenía.

Mi bandera

Este símbolo que hoy algunos definen como un trapo más, yo la tuve desde niño como algo asombroso. Por lo que representa, un ingente número de españoles dejaron su vida a lo largo de la historia, por honrarla y defenderla.

Por eso yo mareaba la perdiz para llevarla. Era un honor llevarla en el colegio, desde el despacho del director hasta el mástil en el patio y elevarla al cielo cantando todos el himno de España con la letra de un escritor gaditano don José María Pemán.

Cuando lo conseguí, pude contemplar la envidia reflejada en el rostro de mis compañeros que pretendían lo mismo que yo. Sus celos me hincharon más que a un pavo real o el pecho de un legionario. Y esta imagen que ondea en mi cerebro y que mis antepasados la hicieron grande, que Dios los bendiga. Hoy le pido a los responsables de esta nuestra nación, respeto, pero todos, y al desgraciado que la pise o la queme le pasen factura, y cara si fuera necesario.

Y hoy ya viejo, no soy un listo al uso, aunque todo me interesa y me doy cuenta de lo poco que sé de la Patria, de sus héroes y la bandera. Siempre me interesó saber lo que los hombres hicieron con ella como símbolo; los que la defendieron y los que hoyaron su honor robando a manos llenas. Y he llegado a perder la fe en ellos y en mis gobiernos, por cobardes y no dar su merecido a los que se han servido de ella.

Lo malo, pensando en mi bandera, es que, al hacerme mayor, he comprobado que otros con semejante intención, y con mejor presencia que la mía, la paseaban enrollándose en sus pliegues como si sólo fuera suya.

Otros, cuando ha ido en aumento su rechazo, intentaron quemarla por el berrinche que les causaba no poderla eliminar para colocar la suya regional como enseña de su soñada república. Alguno de ellos intentó romper a jirones lo que yo tanto amaba queriéndola suplir por otra más joven y más accesible a sus intenciones de dar la vuelta a la tortilla.

Esto no puede llevar a perder de nuevo nuestra sangre y la de aquellos que quieren cortar la cabeza a un águila de San Juan, el evangelista con sus flechas que figuran en mil pendones de nuestra historia, para escándalo de eruditos, patriotas y verdugos que la quieren dejar sin plumas. Aunque hay también rapaces carroñeros que pretenden verla en el suelo para repartirse sus despojos y hacer de ella un trapo haraposo, y así satisfacer su odio. Por ello:

"Espacio falta a mi canto para maldecir su nombre".

.

CAIDOS

Hasta que se instauró la democracia en España fuisteis héroes, mártires o soldados abatidos en el campo de batalla o en la retaguardia.

— Ya está bien de homenajes y de gloria –dijeron los desmemoriados y progres cuando afloró su sed de venganza.

Otros con peor talante abundaron en lo mismo:

Desde hoy sois solo muertos en fosas ignoradas o en el "Valle de las rencillas".

Los demócratas de hoy os han dado un tiro de gracia sin que nadie protestara al ver volcar sobre vuestras tumbas paletadas de estiércol como si hubierais muerto por nada.

— ¿A qué la construcción de una Cruz desorbitada? –dicen los desangelados y sin alma.

Contentaros los muertos, como los demás, con una cruz de dos tablas –abundan los que más pían.

Según los más benévolos, todos fuisteis engañados, rojos y azules, por ideas trabucadas que os lanzaron a morir fanatizados, pudiendo haber muerto en vuestras casas camino del más allá, sin más honor que el olvido.

Si os fuisteis al otro mundo, estudiantes, obreros, campesinos o licenciados sin saber euskera o catalán, ¿en qué idioma lo hicisteis con San Pedro para que os dejara entrar en el cielo?

Dormid en paz y en gloria, muertos con honor, aunque sintáis amargor de boca y corazón. No preocuparos porque ahora os tilden los canallas como les plazca porque, porque, quieran o no, en la historia con mayúsculas seguiréis siendo ejemplo de generaciones.

LIBERTAD

En el cerebro de cada persona adulta hay un trono regio donde se asienta su libertad y nadie tiene derecho a quitarle su sitio, aunque sea por solidaridad o exigencias interesadas que hacen perder la autonomía.

Una cosa son los consejos bondadosos para cortar los excesos o el desorden personal, pero hasta las locuras, si son de las buenas, y todos sabemos cuáles son, suponen la máxima expresión de la voluntad para hacer o pensar lo que a cada cual le dé la gana. En cuanto a las malas y libres conductas, eso es el sumo valor de la libertad personal si aceptas las consecuencias y das la cara frente a la sociedad.

CONTROLADOS

Qué buen nombre les pusieron a las plataformas de comunicación populares, que son las redes en manos de cualquiera. Nos tienen a todos controlados por los ojeadores políticos, comisarios de nuestras vidas, opiniones y desahogos personales.

Estas vías noticiosas como Facebook, Instagram u otras son escaparates de nuestro quehacer. Al echarles un ojo, ves que sirven para que el personal quede contento. Se ven retratados en las redes como protagonistas de noticias u opinión, aunque algunos pretenden que comulgues con ruedas de molino. Ya que esta estructura social aglutina a incontables personas que, con buena voluntad, exponen sus pensamientos y experiencias, ya sean familiares, artísticas, mensajes de amor y buenos días y hasta publicitarias o empresariales. Todo pasa por la red si guardas las formas y no profundizas a fondo en los tejemanejes gubernamentales.

Se permiten los insultos, las mentiras y hasta los sueños de grandeza social entre los desclasados. Pero está claro que, si tocas responsabilidades gubernamentales, "hasta aquí hemos llegado, Sancho:

— O juegas en mi terreno de los medios siguiendo nuestro camino, o tu disidencia pasa a la nube extinta de las opiniones, aunque hay excepciones. Si eres un personaje conocido e importante, la opinión y noticia del sobresaliente pasa por el tamiz censor, por miedo a las circunstancias, y les dejan decir lo que les viene en ganas.

HONOR

Si hoy se considera apropiado en determinada clase política llevar la contraria a la verdad en beneficio de uno, o mentir descaradamente en perjuicio de todos los españoles, ¿por qué cierta parte de nuestra sociedad incluye en las listas de honorables a los más embusteros del país, que se localizan en los cuatro puntos cardinales de la política y el engaño; ¿por qué?

Para alcanzar lo que antaño se llamó honor, y ya no se lleva, el norte y guía de quien lo lograba era la suma de una vida digna y méritos constatables sin adornos morales o espirituales, y no recochinearse en todo lo contrario como ocurre en nuestros días.

¿Cuántos de los hombres públicos de hoy -considerados como honorables y elevados a ese elevado pódium por intereses de muy diversa condición-, se ciscan en lo que dice la Real Academia Española respecto al título?

Afortunadamente aún quedan españoles que saborean con gusto el significado de las palabras y no permiten que se avinagre en su digestión gramatical determinados adjetivos honoríficos. Este solo tiene vida mientras dura la persona o el sistema que los adjudica.

Si caemos en alguna de esas fullerías socio políticas, el tiempo o la Historia sin enmiendas de conveniencia, se encargarán de poner a cada uno en su sitio, pese a que algunos hoy no admitan los hechos que revelan su indignidad para alcanzar honores, aunque los avalen poderes eventuales o el silencio de nuestra sociedad que con su mutismo justifica conductas vergonzosas.

Por eso hoy al "Honor" hay que ponerlo, no en cuarentena, sino en el baúl con olor a naftalina si comprobamos que desde instancias superiores o los medios de comunicación otorgan este título que nadie con sentido común daría por buena la etiqueta de honorable que le dieron a un tal Pujol.

LAS CAMPANAS

Esas noches venideras de año Viejo sonarán las campanas de medio mundo y sus habitantes tomarán las uvas de forma alegre y confiada para empezar el año cargados de ilusiones. Olvidarán tristezas y pondrán la esperanza en lo más alto de las especulaciones.

El sonar de las campanas serán para muchas personas alegres y bulliciosas o, para otros solemnes o tristes, todo depende del deseo que pidamos, del recuerdo que nos deja el año y del porvenir con el que soñamos.

Las más importantes campanadas lo son cuando suenan por la paz en las catedrales o en el templo para la meditación y los rezos de cada cual.

Lo que no es de recibo hoy en nuestra tierra hispana es el gran campanazo oficial que intentan celebrar en 2025 la muerte de un dictador que gano una guerra contra el comunismo que nos amenaza hoy.

Dejar que las campanas en España suenen de alegría por la vida que nos traerá el Nuevo Año, y no por un funeral de odio viejo que encienda de nuevo el fuego de la discordia entre las familias de buena voluntad. Y que logremos entre todos que nunca más suene como las de Hiroshima o que pongan en marcha la máquina de matar total.

Navidad

Cuando abro mis enseres informáticos y me topo con Facebook, la pregunta de cada mañana me pone los pelos de punta al querer indagar lo que pienso, sabiendo que, excepto a mis amigos, al mundo entero le importa un pimiento mi opinión, excluidos aquellos que te quieren marcar como a un ternero si no piensas como ellos.

La mayoría de las veces al preguntar guardo silencio para no herir susceptibilidades, aunque, a veces, hacen hablar a un muerto y me dan ganas de decir barbaridades.

Por eso cuando se acercan grandes fiestas y celebraciones y las comentan los medios, dan ganas de borrarlos del mapa con una tarjeta roja que los avergüence.

Cada cual arrima la ascua a su sardina, y no me parece mal, pero atizar el fuego para que se queme el contrario, es criminal. Hay miles de fiestas para ensalzar y otras no tanto, como la multicolor por hacer del matrimonio irreal una bacanal a capricho del usuario.

Afortunadamente, la vida no es como antes y es de tontos negarlo, sabiendo que las luces de los que nos gobiernan y los que están en la sombra cambian las cosas según por donde sopla el viento de la progresía o la holgazanería de los contrarios.

Pero no por eso hay que apagar el foco que iluminó el pasado con sus luces y sombras, ya que las luminarias viejas han hecho posible que el sol de nuestros días brille con esplendor, pese a que algunos pretendan que paguemos con nuestros impuestos miles de legrados a granel en clínicas abortistas que nos dejan sin criaturas logrando que hoy en España se cuenten más mascotas que niños.

Y nos salva la llegada del Niño, esa fiesta universal de la Navidad que luce en el mundo entero con una luminaria sin igual. Por eso no hay que olvidar, por muchos años que pasen, que esta fiesta viene de viejo y por ello montamos la de dios a todo fasto, dejando de lado la verdadera función que festejamos, que es la venida del Niño Dios, que este, sí que sí, no se hace viejo ni lo pueden de nuevo matar.

MIS SUEÑOS

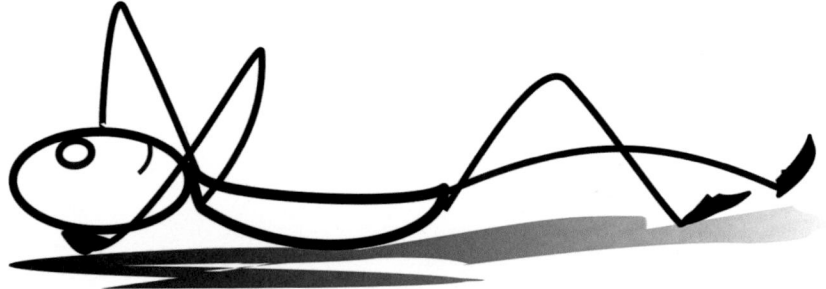

Hace tiempo que dejé de escribir mis sueños por locos y disparatados, que viene a ser lo mismo, vamos, como propios de una cabra que se dice. Pero el de esta noche, sábado 4 de octubre de 2025, sobrepasa a la mente más calenturienta de una loquería de las que ya no se publicitan.

Sin explicación alguna, como si todos los sueños de la gente extraviada, y sin recurrir a los psicólogos, que siempre encuentran alguna razón escondida en lo más profundo del cerebro ajeno, me encontré de noche en una calle de la capital participando o, mejor dicho, enrolado en una fiesta infantil en la que yo pintaba lo que un elefante en una cacharrería, integrado en ella con toda naturalidad. Allí estuve hasta las tantas de la noche con la sensación de faltar a mis obligaciones matrimoniales. Atolondrado y como ebrio, salí de allí caminando hacia la plaza donde, desde un quiosco de la ONCE, una vendedora y sus amigas hacían un apartado de la fiesta. Una de ellas, ya entrada en años ocupaba una silla desde la que por señas me invitaba a sentarme junto a ella.

Muy arreglada para la fiesta, daba muestras de necesitar cercanía por su campechanía y locuacidad que la llevó a levantar los brazos al cielo, al son de la música, enseñando la pelambrera de sus sobacos y a la par sus senos impropios de una persona mayor turgentes a los ojos ansiosos de varón borracho

Por la obligación que castigaba mi voluntad abandoné el grupo juerguista con tristeza, la misma de la que dieron muestra ellas. Desde allí, en compañía de un gato que debía ser mío, le hice saber la necesidad de volver a casa, los dos, que nos esperarían con inquietud al no saber dónde estábamos.

No me hizo caso el animal encrespando sus pelos, abriendo la boca amenazante y pegando la panza al suelo en señal de negativa a nuestro regreso.

Acompañado por los lloros de mi mujer, y ya en la cama, solicitó permiso para comprar una lámpara de sobremesa a lo que, como siempre, no opuse reparo. La comuniqué sin haber cerrado los ojos, que tenía que regresar a mi quehacer y darlo por perdido.

El caso es que llegué al trabajo sabiendo que sería despedido por mis faltas de puntualidad y pensando en la jarana pasada pude desvanecer esa idea y aminorar mi sensación de culpabilidad.

En la puerta del taller de imprenta donde trabajaba y casi anexo a ella, existía un despacho de lotería. Y en dicho establecimiento se encontraba un señor que, según dijo, era dueño de una empresa cercana y estaba allí a la espera de que se abriera la lotería para cobrar un premio. Tenía que cobrar setecientas pesetas y yo otro billete premiado con trescientas. El caso es que, como yo tenía que presentarme en la empresa lo antes posible para que el despido no fuera definitivo, le dejé mi boleto para que él cobrase las mil pesetas y yo recibiría después lo mío más tarde en su domicilio. Allí no cuento lo que pasó con la mujer de él.

En la puerta de la imprenta apareció la figura de un hombretón con cara de pocos amigos para negarme el paso, diciendo que yo no tenía nada que hacer allí. Sin saber por qué, yo tenía en mi bolsillo la llave de la empresa, de manera que accedí al interior. Mis compañeros de trabajo me observaban como si fuera un fantasma resucitado hasta que se desvaneció el sueño y el sentimiento de culpabilidad que me acompañaba en cada sueño.

¿Por qué casi todos mis sueños vienen acompañados de un sentido culposo?

Cosas de conciencia sucia, digo yo, que no paro de soñar cada noche errores ligados a situaciones límites y locas, que no tienen nada que ver con mi persona.

De película lo mío.

CARTA DE UNA MONJA

Queridas hermanas en Cristo:

Han pasado muchos años sin comunicación entre nosotras y la nostalgia de esas fechas de todos los Santos y el Día de Difuntos me hacen regresar al pasado y por ello a vosotras y a mi querido paciente.

El mes de noviembre nos invita a hacer memoria de quienes iniciaron el viaje al más allá, de todos aquellos, y de tantos de los nuestros, que nos han precedido en el viaje. Especialmente las de aquel militar al que curé de sus heridas de guerra como a un hermano y que no logro arrancar de mi memoria. Vosotras sabéis quien es y por ello me hace pensar que traiciono al amor divino al que me debo y por el que volví al convento sin poder olvidar al militar.

A pesar de mi fidelidad a mi verdadero amado y admitiendo mi fidelidad, revivo y sueño las horas que pasé al lado de aquel hombre como enfermera y que me hacen perder el horizonte luminoso que me otorga la clausura.

Nunca olvidaré vuestros gestos generosos y los de aquellos médicos que me trataron como si fuera una hermana. A todos os debo gratitud ya que, gracias a vosotros y a las circunstancias de guerra, conocí al "despertador de mi vida civil anterior a la de monja". Ahora, durante muchas jornadas de rezos, no sé poner mi reloj en "horas divinas".

A todos vosotros os llevo en el corazón hasta que compartamos la gloria de los bienaventurados, entre los que se encuentra él, razón oculta y semilla de afecto que embarga mi alma frente al juramento al que me debo.

Él se convirtió para mí en profeta de lo eterno al regresar a la clausura.

Cada uno de vosotros puede elegir vivir atrapado en el pasado o, por el contrario, libres y serenos para disfrutar en cada momento de vuestras vidas: la familia, los amigos y, en mi caso, con la esperanza de saber que mi destino definitivo es la fidelidad eterna a nuestro Dios, como máxima felicidad.

(De mi novela *Enfermeras de barrio*)

CRUCES VIVAS

El archivo de mi mente lo tengo lleno de cruces, y en el corazón siguen vivos las ausencias familiares que me agobian de dolor, cuando llega el recuerdo de los que se fueron a otra vida, sobre todo la de mi padre.

En un noviembre de fecha infame calló abatido por el odio de quienes, según él por su fe, los consideraba hermanos en Cristo.

Por la inquina que perdura, miles de mártires como él, pasaran a la historia sin pena ni gloria por haber muerto sin más causa que pensar diferente, como sus hijos mayores. Por esto le llevaron hasta un pelotón de fusilamiento sin juicio previo y sin más acusación que ser creyente de una religión que para sus asesinos era, y sigue siendo, el "Opio del pueblo", inyectado en vena por sus dirigentes.

— Que Dios les perdone –decía mi madre. Tan solo queda rezar por ellos.

Camino de los ángeles

Mirando al cielo siendo niño pregunté a mi madre porque se manchaba el cielo de blanco con franjas enormes que se sobreponían al azul de cielo.

Podía haberme dicho que era una galaxia lejana; pero no.

— Es el camino de los ángeles, –dijo sin levantar la vista del bastidor donde bordaba como un trabajo añadido al de ama de casa.

— ¿Y por qué tan ancha?

— Hay más ángeles que demonios, –contestó. Por la estrecha van los hijos de Belcebú.

Desde aquel día, cuando miraba los ojos grises y tristes de mi madre sobrecargados de amarguras por la muerte de mi padre ella me recordó el camino que tomó.

Pensando en su ausencia cada día mi madre me lo dibujó.

Esa fue su vía celestial y el camino que siguieron los que se fueron antes que ella: mi padre, hermanos y mi amado hijo Teodoro, estela que siguió y calzada que seguirán los que quedan, la misma que alcanzarán los nietos que no conoció la abuela.

Con su ejemplo la seguiré yo y la familia que aquí dejo: buena sementera y principios que me recuerdan cuando miro al cielo buscando el rostro de la mujer que tanto amor destiló.

PRIMEROS AMORES

Hay una historia al recordar mi niñez que siempre es nueva. La rememoro y modifico añadiendo nuevos matices cuando abordo mis escritos pasados.

Esto ocurrió en el primer atisbo de admiración que tuve por una niña llamada Angelines.

La miraba de frente y, al encontrarse nuestras miradas, su rostro cambiaba en un instante del blanco al rojo, por su irremediable timidez. Ella tenía doce años y yo diez.

Fue en un colegio nacional en el que yo estudié por primera vez de forma reglada.

El edificio era un antiguo palacio que albergó a una familia noble y que el Estado convirtió tras la Guerra del 36 en yun colegio infantil, situado en el número 16 de la calle del Pez de Madrid.

Aquí se formó un coro infantil de los llamados Voces Blancas. Yo participé en él como barítono, –eso dijeron sin que yo supiese a que escala musical que pertenecía, claro.

Durante los ensayos en uno de los salones nuestras voces llegaban a otras aulas, De ellas provenían los aplausos de otros alumnos con admiración.

Nos llevaron a cantar villancicos a Radio Nacional, emisora situada entonces cerca de lo que hoy es el Museo al aire libre de La Castellana. La calle se llamaba, "De las tres eses".

Uno de esos días de ensayo en la sala del colegio que fue de baile en sus tiempos, reparé en mi admirada que llevaba un lazo enorme en la nuca y que nos aplaudía al escucharnos. Al oírme interpretar uno de los solos la vi saltar de gozo por lo que el lazo se vino al suelo. Dejé de cantar para cogerlo y dárselo. Su mirada fue su mayor regalo que quedó en mí para siempre.

Desde entonces, nos hicimos amigos de miradas y aplausos, nada más. Siendo semiadolescentes, yo me hacía el encontradizo a la salida de clases para acompañarla hasta la esquina, no más de cincuenta metros, de Pez a Jesús del Valle donde ella vivía, y lo hacíamos sin cruzar apenas cuatro palabras.

Cambié de colegio y dejamos de vernos a diario, pero al ser del mismo barrio, cada vez que coincidíamos en la calle nos parábamos, unas veces para interesarnos de cosas banales, porque a esa edad la salud no importaba un rábano, y porque ella siempre iba con prisas dejándome con la miel en los labios.

Pasaron los años y los saludos igual, hasta que un día le eche valor y la dije que me gustaría que nos viéramos más. Cerró los ojos, como si fuera una monja al rezar, que yo creí que era de emoción, pero no.

Cuando los abrió contestó con un –imposible; José María, que arrugó mi estómago y paralizó mi corazón al oírla:

— Tengo novio, dijo con una lágrima que enjugué, mientras ella con su mano temblorosa sujetaba la mía. Ella tenía dieciséis años y yo quince.

Aquí se acabó el idilio sordo y mudo de que duró años, sin decirle que la quería desde niño, y no por timidez, porque desde chaval fui como una bala sin tino.

Hasta los quince, enfrascado en los estudios y ya trabajando en Artes Gráficas, no tuve la oportunidad de conocer a ninguna mujer, hasta que una prima de segundo grado vino desde su Londres natal, sin conocer nuestro idioma. Sin decir una palabra dio señales precisas de cómo conquistar la voluntad de su primo, que lo dejo por primavera y, porque su madre exigió que, si seguía coqueteando con el pariente regresaría de inmediato a Londres. Me dejó encadenado a su recuerdo porque me abrió los ojos al sexo, y así lo reconoció, ya casada, pidiéndome perdón cuando yo ya tenía hijos:

— Supe el daño que te hice cuando lo he padecido en carne propia. Cosas que en la vida pasan–dijo sin más.

SANGRE PAREJA

Como si lo hubiera escrito ella.

No sé por qué, siendo mujer y prevenida por mi madre y la familia española sobre un primo lejano, busqué su amistad, compañía y algo más, a pesar de que su sangre y la mía coincidían de lejos.

Él tenía 16 años y, según mi padre de origen sajón, a nuestra edad, los chicos y nosotras las mujeres ni la amistad ni el amor fructifica de manera positiva. Según él, solo es una vía de comunicación peligrosa para las mujeres por las consecuencias.

De vacaciones, y para que yo conociese a la familia española, la primera visita la realizamos a la casa de una prima hermana de mi madre donde anidaba ese primo.

Reparé en mi pariente, del cual irradiaba una sonrisa que me cautivó y con la que soñé después.

Sin hacer caso a los consejos, caí en sus brazos o, mejor dicho, busqué las ocasiones para que se echara en los míos, sin pensar en las consecuencias advertidas.

No tenía explicación el cariño creciente hacia él, y mucho menos comprensible el crecimiento de un amor loco y exaltado debido a un capricho inexplicable.

Y para más destacar, el equivocado idilio en el colmo de la estupidez. Caí de cuerpo entero y a cama abierta, como los ciclistas bajan los puertos, sabiendo que lo que aprendes en el amor o la pasión desmedida puede terminar con los huesos y el corazón por los suelos por exceso de velocidad.

A esas edades tempranas los expertos advierten que, si te has librado del cacharrazo, la fiebre y el acaloro de los momentos felices, todo suele quedar en aguas de borrajas. Salvo en raras ocasiones en las que, excepto por intereses y compromisos matrimoniales, nada queda y todo pasa, como en el verso. Aun así, me entregué en cuerpo y alma.

Vivían en una humilde buhardilla y la alcoba que ocupaba él era la máxima expresión de un dormitorio miserable, en el que ponerse de pie era un riesgo seguro de chichón.

Su alegría al verme de cerca era pareja a la mía, con la intención de darnos un beso que, al adelantarse no lo permitió se quedó en el aire. Pero sí advertí al fijar mi vista sobre las sábanas que su sexo se dibujaba emergente, y al comprobar mi curiosidad con sus manos aplastó el bulto.

Mi intención fue tan miserable como su alcoba, pensando mantener tener sexo con él cuando las dos madres se alejaron para preparar la merienda. Con el cerrojo echado era tanta la excitación y la explosión de los sentidos, que a él no le entraba en la cabeza los sonidos que yo emitía por el arrebato de la ocasión. El muy infantil preguntaba que si algo me dolía.

Después de aquella primera ocasión y sin pensármelo dos veces, me entregué a él haciéndole saber que mi virginidad no existía. La perdí a los quince años, a manos de un empleado de mi padre, camarero como él de profesión después de una fiesta.

Al verme encelada, cierto varón familiar me advirtió:

— Todo es fachada, ¿no ves que tieso es. Si con esos pelos parece un galancillo de cine venido a menos.

Creí que era envidia porque su aspecto era atractivo en general, pese a lo desgalichado de su vestimenta que no mermaba un ápice su frescura y belleza descuidada, que hasta los bajos del pantalón los arrastraba por falta de cinturón.

— Es un golfillo del barrió, insistían.

Aun así, quedé prendada por su mirada gris y vidriosa, acompañada de sus palabras y propuestas de futuro que no parecían propias de un chico de su edad, sin haber pasado por la universidad.

Con sus deseos sonoro expuestos en horas calientes desde su cama, le oí soñar con su futuro. Me dejó encantada y al oírle le deseé sin freno y sin el recato propio femenino que las madres reprenden a sus hijas cuando salimos con chicos carentes de porvenir seguro.

— Quiero estar contigo como ahora, y más tarde vivir piel con piel, –me dijo cuándo le volví a visitar encamado por una bronquitis insistente. – Y no solo en la cama, si no todos los días del año como dos enamorados.

En aquella visita inolvidable él esperó respuestas sin siquiera respirar por el catarro, y yo dejaba pasar el tiempo pensando qué contestar, fijándome en sus ojos abiertos como quien pregunta a la espera de respuesta. Le miraba una y otra vez, y en la suya no veía nada más que deseó por asir mis manos. Y cuando las tuvo entre las suyas, de un tirón inesperado surgió la unión de las dos bocas pensando que nuestras madres, embobadas en lo suyo no advertirían lo que ocurría con sus hijos.

De lo que estoy muy segura, pese a todo lo ocurrido, es, porqué que dejé de amarle.

Después de haberle querido como no he querido a nadie y ya queda dicho, sus detractores fueron más listos que yo.

Por detrás de su fachada, –al decir de sus hermanas, y tras nuestros devaneos, fui descubriendo la gran verdad de su vida por la falta de su padre. Me lo dijo su madre. –No tiene remedio su tristeza por falta de madurez y sus reacciones no guardan relación con su presencia de hombre pacífico.

Resuelve a tortas cualquier disidencia política con cualquiera que de forma negativa aborda la guerra pasada y la muerte de su padre.

Mantenía enhiesta la portada de su edificación joven sin los cimientos debidos, por eso sus ideas eran una quimera.

Una ruina que vi venir cuajada de falsedades y que disimulaba como un actor consumado. Hasta que se le cayó la máscara y el templo de sus valores se vino abajo como migajas de pan que hasta una paloma rechazaría.

La armonía en nuestras vidas no reventó de golpe por mi tolerancia y mi amor que en el fondo subsistía. Este se fue desinflando día a día, como un aerostato al que, sin apenas notarlo, se iba consumiendo la llama que alimentaba el gas cariñoso de su presencia. Y sin aire que lo sustentara, el globo fue cayendo poco a poco y sin remedio hasta dar con su entramado en el suelo. Y no por l ley de la gravedad, sino por un largo periodo de desacuerdos y por el desahucio de un templo, para mí sagrado, al comprobar que repartía su amor con otras más jóvenes que yo. Una de ellas lo confesó sin saber de nuestra historia.

— No sabía de tus relaciones con él–me dijo dándome un pañuelo al verme llorar cuando de una forma somera relaté lo vivido con él.

— Olvídale –me propuso, –no podemos quererle las dos, bueno sí, pero él no. Ya que yo de él no me pienso separar.

— Te lo regalo –contesté.

— Tienes que saber que le conocí antes de que tú vineras a Madrid. Hartos de vernos por vivir en el mismo barrio, de jugar en los mismos parques y cruzarnos en las fiestas populares sin que yo reparara en él hasta que me pasó un papel con poesías como ha hecho contigo.

— Ya sé que no soy nada para ti –me dijo tu primo al salir de misa un domingo –pero has de saber que desde hace mucho tiempo no que quito la vista de encima.

— Pues aparta tus ojos de mí, –le dije; porque si mi padre advierte tu presencia y que resultas molesto para mí, puedes terminar con alguno de tus ojos dañado.

Pese a ello noté la presencia de tu primo como si fuera un sabueso, ya fuera al salir de clase o cuando acudíamos en pandilla femenina a alguna reunión en casa de amigos y allí se encontraba él.

Sentía su mirada en el cogote y al volverme mi perseguidor observaba con quién hablaba o bailaba poniendo cara de pocos amigos.

En su casa vivía una chica de nuestra pandilla a la que confesó su admiración por mí, lo que facilitó alguno de nuestros encuentros, sobre todo, cuando esta amiga le invitó al cine por primera vez y con muy mala idea le sentó a mi lado para que viéramos la película, "Amores prohibidos".

— ¿Qué te ha parecido la peli? –Me preguntaron maliciosamente mis amigas al salir del cine.

— Nunca, por vergüenza, les dije lo que sentí aquel día y mucho menos cuando, pasado un año de nuestro lazo, la curiosidad las llevó a interesarse por las relaciones de su amiga, –con ese golfillo–decían.

En aquellos tiempos nuestros paseos terminaban en cualquier banco a mano, en busca de nuestras intimidades, que producían en mí descargas electromagnéticas indescriptibles para ser definidas.

Anduvimos así algunos meses, más a la espera de esa conjunción de cualidades físicas y espirituales que me convencieran de que no era mi cuerpo su máxima atracción.

Entonces llegaste tú y, por un tiempo, deje de verle por enfermedad.

— No te apures. Ya te he dicho que te lo regalo.

— El regalito duró hasta que conoció a la que de verdad entregó su amor para siempre a la mujer de su vida.

ANIMALES EN PAREJA

No hay enemigo pequeño.

Hay animales que están hechos para no entenderse nunca como elefante y la hormiga. El gigante no pone peros y deja operar a la enana en su ascenso hasta la boca del corpulento y una vez en ella forma un hormiguero que resta su alimentación y causa la muerte del enorme cuadrúpedo.

Sin embargo, los hay como la cigarra que buscan un bicho aparente para posarse sobre él y termina con él de cuatro bocados.

Los dos estaban hechos para no entenderse nunca, y sin embargo se entienden a la perfección ya que el dúo vive de los mismos alcances.

Cualquier tonto ha visto cómo estas alimañas se buscan entre la cizalla y tras subirse en sus lomos terminan a puñaladas sin que ningún espabilado advierta el desvarío desde su bancada (quise decir, bandada)

Estas parejas de animales se dieron el pico bajo el engaño de su buena presencia de la mano de sus mayores bajo la coraza paterna del engaño, la extorsión y hasta la comida robada a su pareja.

También hay tríos de sabandijas que engañan al mismísimo diablo que si se muerden la lengua dándole al pico, terminan envenenando al más listo que vive del agua, de la luz y del sol que nos alumbra como está visto.

A muchos de estos brutos y torpes alimañas que han comido siempre triscando hierba verde se les suben los humos al morder moqueta roja creyéndose que el mundo es suyo haciéndole la puñeta a los de su misma calaña.

Si se pone nombre aparente y propio a cualquiera de estas parejas es fácil adivinar como terminará el escribiente, denunciado en los juzgados o envenenado si se muerde la lengua.

Pájaros de mal agüero

Ya no abren la boca los "plumillas", como lo percibí antaño por oficio. Lo hacían antes de que saliera el sol a través de los Medios de Comunicación, primero la radio, los papeles o la televisión.

O les han cortado las alas a estos pájaros que cantan, o se han unido a la bandada para fastidiar a nuestra nación milenaria. Se la quieren engullir como carnaza mal oliente cuatro cuervos de altura a base de ganar voluntades, repartiendo alpiste para que nadie les pie y les apoyen hasta los gorriones que vienen de fuera.

Tan solo unos pocos, y, entre ellos, un valiente de origen árabe propaga verdades como puños que no caen en saco roto, lo mismo que otro par de osados en sus espacios televisivos abren el pico y cantan las cuarenta, descubriendo a los malhechores de feria, que roban gallinas y pájaros de mil colores engañando al personal. Estos pajarracos están dispuestos a dejar el Banco de España desplumado y en números rojos, como ya hicieron antaño parientes de esta camada de pájaros. Por ello echo en falta un águila real que corte sus vuelos y abra el pico desde su responsabilidad estatal, aunque se salte la norma.

Solo nos queda la Guardia Verde, llamada Civil con espíritu militar que sobrevuelan miles de nidos ocultos hasta en el altar de la patria. Búhos y lechuzas que salen a dar el cante para cerrar el pico de cualquier antagonista que atente contra su amo, que todo lo tapa con prebendas y regalos.

Es fácil comprobar teniendo oídos abiertos, como desafinan los históricos cuervos del Reino. Estos esconden bajo sus alas una vida adinerada a costa del presupuesto, y desde la calderilla del sueldo oficial y jubileo viven como reyes sin que nadie habrá el pico.

Otras pájaras de nuevos y bellos plumajes subidas en los púlpitos de su egolatría dan el cante como apóstoles de ideas nuevas, donde la que no canta vuela piando como cotorras para salvar su alpiste, los nidos de La Castellana y el plumaje de sus emolumentos según abran el pico.

No piensan que unos y otros de los que anidamos en nuestra arboleda volaremos a la otra orilla sin plumas, que Dios nos dio. Y no hay porqué silenciar desde nuestros nidos la ruina que se avecina.

Que no hay razón para revestir el falso plumaje de los malos bichos de hoy que cantan desde sus tribunas. Ni tampoco es lógico estar a la espera de recibir lo que no has ganado con el trabajo, dando por bueno lo que del pico de los listos sale en tribunas oficiales. Esos que no tienen más ocupación que fabricar saliva, dando por sabido que el que mucho habla, a veces acierta, pero más lo contrario.

EL BÚHO, LA GOLONDRINA

Y EL VENCEJO

Al vencejo, más negro que el pecado, que de su vida loca hizo virtud, le vi cambiar su trayectoria durante años de pájaro atolondrado a sosegado volando de sol a sol buscando el nido ideal.

Alas al viento aparecía cada año en los cielos calurosos del verano, rastreando el aire en busca de alimentos para sus polluelos que dejó sembrado Dios en las praderas celestes de su reino.

Haciendo historia como búho soberano de la noche y oteador principal del espacio, le vi transformar su vida joven y vuelos tocados del ala hasta que sentó la cabeza en su empeño de conquistar a una golondrina.

Este pájaro que surca el cielo con continuas algarabías revoloteaba en tramas cercanas a mi refugio secreto.

Su vuelo especial lograba marearme con su aleteo, parecido al de un avión, y resultó ser un pájaro loco que volaba como un reactor.

Lo mismo caía en picado que subía rizando el rizo a una velocidad de vértigo para sorprender a una golondrina pasota, que no le hacía ni caso por su mal plumaje.

Congéneres de su misma anidada le hacían ver a la golondrina el peligro que supondría emparejarse con el impresentable vencejo.

Hasta entonces yo no había visto cosa semejante en un volador de plumas negras que se las daba de halcón.

Le vio cientos de veces pedir alimento con el pico abierto siendo polluelo. Luego al crecer no dejo de cazar lombrices por el suelo en vuelos rasantes para llevárselos al pico.

El padre fue abatido con plomos criminales y el joven vencejo tuvo que buscarse la vida en cielos ajenos, huyendo de cepos y campos sembrados de espinos.

Durante sus años de juventud al valiente volador le vi cruzar el cielo a toda pastilla llevando en el pico un pétalo de rosa para sorprender a la golondrina de panza blanca remisa a su conquista.

Esta es la síntesis de aquellos primeros vuelos que hicieron historia entre la anidada de búhos, con más ojos que cuerpo a los que no se nos escapa una.

Cada primavera el naranjo en el que anidaba la golondrina se llenaba de petirrojos, verdejos y gorriones que acudían a recibir baños de olor por el azahar que en aquellas fechas florecía. Todos los voladores dispersaban con sus alas el delicioso perfume volando de rama en rama dejando a su paso un olor que mareaba.

Era la envidia de bandadas enteras al llegarles el aroma que despendía la golondrina.

Sus alas cambian de color según las bañara el sol, dejando al regresar a su nido y al pasar cerca del mío una huella de su perfume que me adormecía, borrando el mal olor al que estamos acostumbrados los búhos.

Desde mi acorazada penumbra y con esos ojos tan grandes que Dios me dio, vi volar al vencejo cientos de veces como un cohete, y a ella otras tantas escaparse al cielo, huyendo de él.

Venteaba como un bólido el espacio una y otra vez, sin perder una pluma pese a la velocidad de sus vuelos endiablados. Y si alguna de sus plumas se vino al suelo, con ellas escribió versos a la golondrina, que la muy astuta leía a escondidas para que nadie la viera llorar por las cosas que decía el vencejo conquistador.

Una de esas misivas se le escapó del tembloroso pico y la tengo yo en mi nido como recuerdo de ese gran idilio.

Eran frases tan hermosas que mis enormes ojos no admitían el mar de lágrimas que me impedían parpadear.

La golondrina tras leerlas abandonaba su nido y se dejaba ver frente al árbol del vencejo, sin mover una pestaña y sin que la fuerza de la gravedad la hiciera caer ensimismada al suelo, para asombro del vencejo y de mi incredulidad ante tal milagro de levedad.

Dos corazones de la misma especie unidos por vuelos sin par que al principio no se lograron entender debido a distinto plumaje y procedencias remotas.

Desde las ramas del naranjo donde anidaba la familia de ella, él se dejaba caer en vuelos a ras de tierra para lavar sus alas y, de paso, recoger unas gotas de agua con el pico y brindárselas a ella.

Alguna gota se guardaba él por si su garganta se secaba de la emoción por tenerla cerca. No quería que se le escapara algún gallito o desafinar en su gorgojeo llamando a la golondrina.

Pareciendo de la misma pollada eran tan diferentes que ni una pluma tenían en común, ni en sus nidos ni en sus vuelos, ni al planear a la par con ella, buscando una rama que los pudiera cobijar hasta lograr su nido ideal.

Esta es en síntesis del relato desde mi nido de viejo búho que, pareciendo dormido, siempre estaba atento a lo que ocurría a mi alrededor.

Yo he visto con estos míos que nunca se cierran, aunque parezca que sí, como estos dos pajarillos en su ánimo de emparejar, se daban el pico con frecuencia tras piar cada mañana el uno al otro con sus trinos diferentes; los de él, de forma vehemente, y los de la golondrina, generosa, abriendo el pico y las alas dándole el sí. Todo sin que ningún alado advirtiera el desvarío amoroso entre seres tan dispares y vuelos de locos, tanto los de la pájara encantadora como los del vencejo soñador.

Las dos aves eclosionaron a la vida bajo distintos plumajes y tanto la golondrina como el vencejo se acostumbraron a posar en los mismos cables del barrio de Malasaña, con el frío de Guadarrama en invierno, y el demoledor calor del verano castigador.

Yo veía con envidia cómo estos pájaros volaban a la caza de bichos de poca carne llamados mosquitos, que para un búho no nos valen ni como aperitivo. Sin embargo, para la golondrina y el vencejo eran palabras mayores como alimento. Los cazaban en acrobáticos vuelos para entrecruzar sus alas y posar sus cansadas alas en el nido familia retozando con sus cuerpos sin hacer ruido.

Yo la oía trinar pidiéndole al vencejo que la hiciera vivir lejos de aquel cubil que, siendo de su familia, no era el lugar con el que ella soñaba como su nido. Pero la bandada familiar lo impedía por la juventud del vencejo y su origen diferente,

Árbol de ramaje espeso donde el vencejo clavo el pico para escribir su nombre y el de la golondrina, que lo quisieron borrar bandadas de su mismo plumaje y otros voladores haciendo imposible su ensamble con su amada.

Desde el refugio cercano donde yo anidaba me llegaban los trinos de su adorada en las tardes de verano, viéndola coquetear con el barquillero para comer las migajas de galletas del mismísimo suelo. Y también la vi trinar con un pájaro mayor para disgusto del vencejo que no paraba de piar su desencanto.

En su porfía por acercarse de nuevo a ella, perdió más de una pluma. Y con una que se vino al suelo durante el empeño, dejó escrito sobre el árbol familiar el juramento de volar a otro nido y unir sus plumas fuera de aquel lugar.

— No te dejes engañar, –piaban algunas vecinas y pájaras resentidas, –tan solo es un vencejillo que juega a volar alto y caerá del nido.

— No vendas tu libertad ni te ates a ese vencejo, que otros mejores que él están esperando volar contigo. Estas –decían: –te dejarán volar a tus anchas sin vigilancia alguna, y no como tu pretendiente de vuelos raposos que ni te deja volar ni comer alpiste de otras cosechas ajenas.

— El amor es solo mío y lo dono y lo presto cuando quiero, –contestaba ella, sin dejar la propiedad a nadie con los que vuelo. Dejaré que toque mi cuerpo y mis alas a quién me lleve volando al cielo, y de esos, no veo ahora, ni tampoco uno de esos que proponéis.

La golondrina desoyó propuestas y amenazas y el vencejo se convirtió en un volátil reincidente, posándose en todas las ramas cercanas a la golondrina, duplicando los aleteos durante días y días, acercándose a donde anidaba su amada.

— Al fin cedió. –Probaremos algún vuelo a ver qué pasa, – jovencito, le í piar a la golondrina a regaña picos; y lo haremos en pequeños vuelos cercanos, sin que por ello pierda mi voluntad y libertad al buscar por mi cuenta vuelos por cielos ajenos al de los vencejos, –concretó.

— Gracias –pió el vencejo. –Hablaremos más cosas de tu vida y los vuelos de gran altura.

— De eso no hablaremos nunca, –pió la golondrina engallada: ¡ya está bien, jovenzuelo! –le cantó las cuarenta sin más trino ni respuesta que le permitiera abrir el pico al aturdido vencejo.

— Tus vuelos serán parejos a los míos, –contesto él, –al igual si quieres tú que lo hagamos a la par.

Lo certificaron dejando escrito con sus picos en los árboles donde posaban.

Dejaron dibujados sobre sus troncos dos corazones unidos en bajo relieve sobre la corteza para que quedara constancia de la unión como pareja.

La golondrina entonces alcanzaba alturas a las que el vencejo no llegaba, pero el aletear de sus alas y trinos hizo que la golondrina se bajara del alto cielo cayendo en las alas del vencejo. Una vez en ellas, picotearon ramas de flor de almendro y otras de canela en rama, hasta caer en los brazos de Baco para celebrarlo en toneles que almacenaban vino. Se acabaron los aleteos de conquista hasta terminar ala con ala mareados en su nuevo nido.

Y en la amparadora penumbra de sueños imposibles, Dios y un Cupido alado con sus flechas cargadas hicieron el resto.

Y llegaron en volandas a gozar lo que no está escrito, hasta alcanzar alturas que la vista de un búho viejo los perdía de vista.

Luego estaba a la expectativa desde mi escondrijo arbolado para ver a la pareja volar sobre una alberca cercana para beber en vuelos rasantes. Mientras el vencejo necesitaba hacerlo más alto y caer casi en vertical, ella planeaba sobre el agua mojándose el plumaje blanco siendo observada por su pareja, que se limpiaba contra la arena del suelo.

Con asombro advertía como después de buscar alimento subían hasta el cable que cruza la plaza cercana para darse el pico, trenzar sus plumajes y verla a ella empollar sus huevos; uno a uno fueron rompiendo la cáscara hasta salir cinco polluelos.

Y como generalmente pasa en la vida de las personas, de tanto ir el cántaro a la fuente o vadear la alberca en su caso, se rompió el encanto.

Cazadores sin licencia y batidores furtivos hicieron llegar a la golondrina infundios y denuncias de vuelos pasados de rosca de su amado vencejo que volaba de nido en nido. Le acusaron de paseos a la luz de las luciérnagas con pájaras de alas ligeras.

— Solo han sido vuelos de rastreo, de los que no ha quedado ni recuerdo.

Golondrinas salidas de huevos de mala madre abrieron todo el pico para romper aquella unión, sin conseguirlo.

Para huir de las calumnias huyeron como aves de montaña hasta quedar sin oxígeno. Y por miedo más que otra cosa, se dejaron caer temiendo que se rompieran sus alas en vuelos no preparados para esas alturas.

Al verlos bajar, lo hacían unidos por una pasión desmedida por haberse librado de mal de altura y de las rapaces de mal ahuero.

Planearon a la par huyendo de opiniones injustas, y lo hicieron recogiendo el néctar de las flores para depositarle en el nido como alimento de su descendencia.

En todas esas ocasiones se dieron el pico sin dificultades posándose como dos tórtolas en las ramas que los cazadores de idilios hacían su agosto.

La madre de la golondrina graznaba como las pía una gallina vieja, tildando al vencejo de volátil y aventurero, echándole mal de ojo, como los búhos hacemos con los murciélagos. Y toda la bandada familiar puso el trino en el cielo cuando los vieron romper el cielo hasta su nido sin poderlo remediar.

Y volvió Cupido a la faena para proteger a los cinco polluelos en sus diferentes trayectorias de vuelo.

Al primer varón le vi volar muy alto en la negrura de la noche hacia un cielo con estrellas rutilantes, parejas a sus convicciones, y ya de día ascendiendo hacia el astro rey como émulo de Hermes se dio de cara con Helios quemándose sus alas al buscar calores de un sol que con sus rayos mata.

Los demás, como un búho ya viejo, los he visto felices en sus vuelos, aunque nadie sabe a que galaxias volarán y cual será el destino de sus aleteos. Por de pronto, todos rompen moldes y derroteros viejos y moran en sus nidos trinando su felicidad por media Europa acompañados de sus polluelos.

Aquella unión de larga vida entre dos pájaros desiguales me ha hecho ver como búho observador que sus vuelos fueron valientes y, a porfía. A veces tan en picado y con rizos acrobáticos que me dejaron sin respiración poniendo en peligro un nido construido entre los dos, rama a rama sin descansar en el empeño por hacerlo mejor.

Y si hubo vuelos extraños sin justificación, siete son las galaxias que tenemos que travesar las aves para entrar en nuestro Olimpo, y en cada una de ellas, hemos de dejar tantas plumas como faltas hemos cometido en nuestros aleteos.

Sé que como búho viejo soy un pesado y pesimista y ahora veo al vencejo más triste que nunca. Él piensa que llegará tras las galaxias a nuestro Olimpo completamente desplumado por jueces voraces que juzgarán todos sus viajes, en los que no siete, sino más que siete pecados, serán tenidos en cuenta por los fiscales divinos.

Por eso vemos triste al vencejo desde nuestro viejo nido y ya no vuela con la misma soltura de antaño, picando amarguras sin cuento. La peor, y la que no se va de su mente, es el maldito amanecer en el que su bendita golondrina se fue sin avisar a la Galaxia pajarera camino de nuestro Cielo. El sigue dando bandazos sin levantar el vuelo, solo esperando que un golpe de viento favorable de cara al sol, se le lleve entre volandas hacia la capital pajarera. Allí la golondrina le estará esperando con el nido celestial que le corresponda si atraviesa con éxito las siete galaxias antes de llegar a ella.

Brazos abiertos

Tengo los brazos abiertos cada mañana esperando que salga el sol, despidiendo a la luna para poder trabajar pese a los años que tengo. Y que los rayos calientes del nuevo día alumbren mis pensamientos sin escribir tonterías. Y al asumir mi suerte, dar gracias a Dios, a la familia, y a los amigos que atesoro.

Tengo los brazos abiertos para la paz entre los que la quieren, y me declaro inútil total y sin valor para ninguna guerra verbal y de las otras, por muchas armas que yo tenga en mi arsenal mental para defenderme y ganarlas.

Tengo los brazos abiertos a una memoria total de lo que ha sido mi vida familiar y profesional en la que ha habido de todo: una felicidad inmensa, la vivida con una mujer que supo entender mis sueños y dispensó mis defectos, que son y han sido muchos, y los admito con humildad y pido perdón por ellos. Lo que no puedo perdonar es la ausencia de los que se fueron de mala manera al cielo y espero morar con ellos para solicitar explicaciones convincentes de sus muertes.

Tengo los brazos abiertos para abrazar a los vivos que admiten ser como somos todos los humanos, iguales ante Dios, admitiendo con amor las diferencias que existan por mil cuestiones y razones. Compañeros de vida, siempre y cuando el que llega a nuestra vida a darte un achuchón, no esconda la daga asesina.

Tengo los brazos abiertos, sobre todo al recuento de mi historia; la buena y la mala, como la tenemos todos los humanos que pisamos esta tierra. Pero en lo particular no me perdono no haber dado el amor debido a aquellos familiares que me dieron casi todo.

Tengo los brazos abiertos sin una mota de presunción al mirarme en el espejo de la memoria recordando lo que luché por crear una familia en compañía de una mujer ejemplar. Ella supo educar a nuestros hijos sin más escuela que el respeto mutuo, amor sin par, y supo dispensar lo contrario como una madre que todo lo perdona.

Tengo los brazos abiertos a lo que fatídicamente veo llegar sin remedio, pero sin miedo al papeleo mental de los que aquí quedan resolviendo los problemas que puedan llegar.

Y si fui esto o aquello que de todo hay en el coleto de cada cual, pido fuerzas para dar razones convincentes al Sumo Hacedor, que es al final lo que cuenta.

Tengo los brazos abiertos al apagón total del sol y la luna, que me dejarán sin luz cuando el finiquito vital sea un hecho natural. Pido perdón por los desaguisados que hice sin sal y mucha pimienta, como condimentos de una vida que ya no cuentan, pese a que dejo constancia de mi tesón y trabajo y alguna ocurrencia. La última, o mejor dicho la penúltima, la registrada en Industria. Es un bastón diferente a los que existen por tener como empuñadura una autentica bola de golf. Y, por último, tengo los brazos abiertos a las críticas por mis acuarelas que a mis 95 años dejo como muestra del aprendizaje del que presumo desde niño.

Los escritos que dejo son como hojas muertas que se las llevarán los vientos eternos del olvido, como el que lo cuenta con los brazos abiertos a lo que el destino decida y aquí dejo una muestra.

Desde mi ventana

En el ejercicio diario de mi mente inquieta me duele el silencio de paisanos y compañeros de oficio, cuando por la mañana abro mi ordenador y compruebo el silencio de colegas que se ocupan de cosas vanas y no protestan ante tanta miseria de pensamiento, acción, omisión, o memoria que conservan los que tienen una edad semejante a la mía, ciscándose en la verdad de nuevos y viejos talentos. Su reserva mental ante las mentiras de hoy me resulta hiriente, como si los problemas reales de la sociedad no tuvieran nada que ver con los voceros de siempre en busca de la verdad como principal premisa de nuestro oficio.

Se callan al ver cómo algunos acomodan la historia española a la conveniencia de su estabilidad y porvenir asegurado, sin pensar en el prójimo.

Son esos que no ven más allá de sus narices creyendo las promesas de los políticos de hoy, que lo han llegado a ser gracias a los votos de los ciudadanos nobles. Esos que, por fe en sus propuestas o intereses personales, dicen buscar un futuro mejor para todos. Una vez en la poltrona sus intenciones miran más por el cargo y sus carteras.

Desde mi ventana particular, y quizá por mi vejez, contemplo el afán de las nuevas generaciones por apagar antiguas estrellas, las que iluminaron el apretón de manos que se dieron sus progenitores por una paz duradera en busca de la prosperidad general de todos los españoles.

Pero como decía al principio, no puedo enmudecer porque hoy y ahora, en el nuevo Valle de los Suspiros o Congreso de los Diputados, ya no es ni lo uno ni lo otro. Se ha convertido en el Palacio de los gritos y ofensas, donde surgen luminarias que apenas alumbran. Sólo se les ve cuando chillan o sueltan exabruptos que con rostros excitados se quedan fundidos entre mentiras, lamentos y las ovaciones de sus conmilitones.

Pese a todo, desde mi ventana el cielo sigue siendo azul a pesar de los diversos tintes sin sumergirme en la nostalgia y haciendo lo que sé. Bien o mal no dejo de ocupar mis horas en nuevos proyectos.

Y gracias al ejemplo laboral de la familia, que nada tiene que ver con este tiempo en el que vivo, cuajado de vividores a costa ajena y cantamañanas a los que se les ve el plumero mientras la mayoría calla.

Aun así, pienso en positivo y disfruto de la visión lejana de un mundo armonioso y vistoso, que tendrán mis descendientes si esto cambia a mejor, ya que peor es imposible.

A ellos les enseñó mi mujer a ver la vida a su estilo: el cielo, con sol o estrellado, pero felices con caminos por caminos nuevos, para que no les cegara la luz y buscar luciérnagas en la obscuridad. Y, sobre todo, a salir de las tinieblas con los focos llameantes de la verdad que encendió ella.

Luminarias matrimoniales que encandilaron mi camino, sin que por ello ella se enganchara al carro de mis ideas. Las de mis hijos que brillan con luz propia y saben cambiar los plomos en los apagones de la vida moderna.

Ahora los veo vivir, cada uno con sus historias, brillando por igual en sus diferentes trabajos que les resta tiempo para tenerlos a mi lado tanto como quisiera.

LAS CUATRO PALABRAS

Hay palabras que de tanto uso sin ton ni son se han quedado huecas, y no dejo de pensar en ellas a lo largo del tiempo y especialmente a la hora de escribir sobre nuestra historia pasada sin dármelas de profesor.

Yo no soy docto en ninguna materia que exigen los eruditos para ser escritor, porque ni siquiera he estudiado letras. Me conformo con ser solo eso, un junta palabras y conceptos que, en cuatro vocablos resumo el germen de mi vida o, cuando gloso en ella, cuatro valores indispensables para vivir en sociedad.

Estas son plumas que sobrevuelan sobre mi quehacer como lenguaje convincente nacidas en el seno familiar:

Amor, Justicia, Perdón y Misericordia.

La primera la tomé como norma general hacia las madres, y de la mía aprendí a amar. Y las otras tres de forma espontánea.

La segunda, Justicia, me costó irracional aplicarla a los que dejaron la sangre de mi padre por el suelo, sin más razón que su fe en lo divino, y ahora rematan los clavos de su cruz herederos de su muerte sin castigo.

El Perdón se lo dejo a Dios y la Misericordia la tomo como obligación cristiana, pero mi voluntad se queda rala en ambos conceptos.

Los cuatro términos pueden resultar contradictorios según quién los interprete y para qué, sobre todo el último: Misericordia.

Perdón e indulgencia que ahora exigen los causantes de odio y muerte en pos de una igualdad comunista insultante ante cualquier inteligencia queriendo hacer bueno al malo y al delincuente casi un santo.

Ahora flota la repetición de la misma cantinela vieja, si nos volvemos a embarcar en las mis naves el puño cerrado y la mente sangrante. Esto se ve y se palpa en los medios de comunicación paragubernamentales y en las redes en manos de iluminados, a los que les da lo mismo ocho que ochenta, si les dejan vivir en paz en el sillón de la indecencia.

Pero falta una quinta palabra que mi escrito no perdona, esa que me obliga a no transigir con los individuos que van pidiendo perdón sabiendo que llenaron de sangre media España. Y ahora, desde sus escaños, piden clemencia y perdón para escapar de las rejas y vivir en sus poltronas.

Otros de la misma calaña aseguran que no mataron, sino que hicieron justicia. Esos individuos que quieren una república socialista vasca que, para lograrlo, dejaron la democracia en vías más que muertas, recurriendo al asesinato de cientos de inocentes para conseguir la independencia de una república socialista.

En cuatro palabras inolvidables resumo mi opinión. Algunos progres de hoy quieren que olvidemos lo que hicieron sus abuelos y pretenden hacerles santos dignísimos de adoración, Y los que ganaron una guerra, unos canallas que no tienen perdón, queriendo dar la vuelta a la tortilla como una crónica nueva de todo lo que pasó.

MIS MANOS

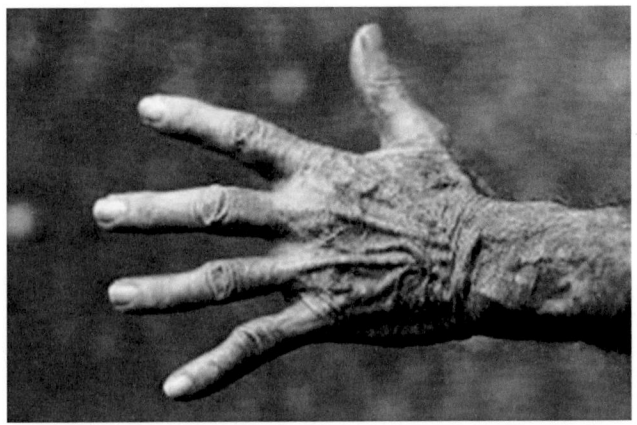

Estas manos sarmentosas de hoy, secas y venosas, fueron antaño apéndices para sujetar con sus dedos lapicero, pincel, matillo y cincel. Agrupaban en la palma de sus manos un sinfín de avatares colmados de tesón y amor por los cuatro costados. A última hora sujetan la pluma y la brocha entre sus dedos para borrar errores, equívocos y acciones raras que serán rechazadas hasta por los gusanos cuando me vaya, temerosos de morir indigestados.

Pero mientras conserve las reservas de neuronas que ahora tengo y no me aceche la Parca, seguiré dando cuerda a mis ilusiones. Porque estas manos que tengo sostienen una historia peculiar que, a lo mejor y por poco conocida, puede entretener a la familia, a los amigos y algún despistado que le dé por leerlas.

En la memoria de estas manos que fueron infantiles hay más dolor que gozo debido a la pérdida de mi padre en circunstancias anormales entre buenos y malos, entre santos y verdugos, que llevan camino de repetir las mismas canalladas que destrozaron familias de media España.

Mientras miras estas manos, entre sus dedos hay mil historias y se agrupan en la palma incontables memorias. Dejo algunas entre suspiros que se quedan en mi alma para no hacer sufrir a mis sucesores. Aunque hay una que no la divulgo a voces, pero si a la chita callando, para que no se enteren mis enemigos, que no sé si los tengo, y si acaso, aquellos que sacan astillas de los árboles que ya no dan ni sombra.

Voy a ello: Estas manos, que fueron ágiles en su niñez, las metieron en bienes ajenos por hambre durante la guerra 'incivil'.

Estuve internado en el colegio de San Fernando, antiguo hospicio de la capital, en el que la comida era para pajaritos. Era escasa y para suplirla asaltábamos la finca cercana del Pardo madrileño para saciarla comiendo bellotas.

Pero el mayor delito que supuso mi expulsión por ratero, fueron mis incursiones nocturnas en el gallinero del director.

En el patio trasero se situaban las gallinas cuyos huevos los consumían la parentela del encargado del huerto, el cocinero y el amo de todo aquello.

Cuando todo era silencio y el sueño era el reino de la noche, con mis manos y un alfiler, pinchaba un par de huevos y absorbía su interior. Hasta que a una gallina y sus hermanas les dio por cacarear. El celador encargado del gallinero me cogió con los huevos en las manos sin pinchar, que del susto se rompieron, al tiempo que yo a llorar. Sobre la mesa del director quedó la muestra, y en presencia de mi madre, eché un par de 'esos' para defender mi expulsión por ladrón.

Me perdonaron y allí hice la primera comunión, en zapatillas de esparto y alpargatas espirituales, por que no me enteré de lo que hacía. Tenía siete años.

Hasta los ocho no visité una escuela y estas manos infantiles cogieron por primera vez un pincel para pintar acuarelas, regalo de Reyes que usé antes que un lapicero. Con éste hice mis primeras letras, cuentas y también mis primeros pinitos dibujando manos y pies en la escuela de artes y oficios de la calle de la Palma, en Madrid. Esto me sirvió para que, a los catorce años, mis manos dieran vida a los pinceles como aprendiz de fotograbado. Esto pasó a un segundo plano y me quedé con la fotografía, y ya con dieciséis años, de la mano de Pepe Pastor, fotógrafo del diario Arriba, aprendí los secretos del laboratorio fotográfico y empecé a colaborar como reportero gráfico en 'Marca'. Eso posibilitó mi ingreso como auxiliar en el archivo de Prensa Gráfica, S.A, donde empecé a juntar palabras, con conocimiento de causa, sin haber estudiado Letras.

Al alimón con mis estudios de Comercio, que no terminé, y ya fotógrafo ocasional, publiqué mis primeros trabajos como colaborador literario en diversas revistas. Hasta que ingresé en Radio Nacional como guionista y después en Televisión Española, como redactor de plantilla en los servicios informativos. Allí me jubilé a los sesenta y cinco años.

Desde entonces, estas manos han dejado muestras como pintor aficionado, domeñaron el barro y la piedra berroqueña. Moldearon arcilla y dieron paso al escritor, con varias novelas en su haber, y ahora luchan por conseguir resultados informáticos con el ipad de las narices, que se me hace duro dominarlo.

Pero no me rindo y elevo las manos al cielo para pedir clemencia por los malos resultados como artista y escrito, que todo queda en muestras artesanas de andar por casa.

Estas manos lograron con su empeño profesional de varios oficios tutelar la educación de mis hijos, al alimón con mi mujer. Ella supo dirigir a nuestra prole por los mejores caminos de la vida, con mucho amor y caricias. Que esto si que ha sido una buena mano de artista.

A pesar de lo vivido, y con manos temblorosas por los años, sigo en la brecha. No ceso de crear circunstancias

Feliz cumpleaños

Con el pensamiento lógico de mucha gente y entre ellos yo, desearía tener otra edad que la que realmente tengo, pero así lo quiso el destino y no hay vuelta atrás y hay que pechar con lo vivido.

Otras veces suspiramos por un porvenir seguro o sentimos nostalgia del pasado, pero por lo que a mí me toca no puedo olvidar ciertas historias.

¿Cómo no voy a sentir nostalgia por el pasado? Si he sido un martillo pilón para conseguir enderezar lo que nació torcido, y ahora vuelven a salir historias inmorales como ejemplares de La Pasionaria y compañía durante la Guerra Incivil.

Yo viví aquellos momentos históricos convencido que nos había tocado la tristeza y la miseria por decisión suprema. Y me revelé por la pasividad familiar creyéndome un gigante cuando era un enano.

Aquella congoja callada que sangraba por todos los poros de mi pensamiento me llevó a jurar que el conformismo era cuestión de cobardes sin pensar en el perdón como mandato divino.

Nací en medio de un desorden nacional, y por ello he acarreado el dolor de lo vivido sin deprimirme gracias a mis reaños que son noventa y cuatro y ahora tengo que soportar la vuelta a la tortilla histórica y no me callo.

Aun late en muchos corazones la realidad vivida en la que se hace verdad, que ya está bien, de lo malo que fueron unos, y lo bueno de los otros con la hoz y su martillo que tienen sobre sus espaldas miles de muertos.

Pero estos momentos los quiero de alegría por el presente, al que he llegado, relativamente cuerdo como para saber que la verdad no se retuerce y la historia nos juzgará sin vaselina desechando la hiel o la miel de los relatos interesados.

Con el nuevo cumpleaños si la vida no me da más, ha llegado la hora de vivir sin agobios para dar a mis queridos todo tipo de satisfacciones solicitando paz y no lo contrario.

Vivir más de la cuenta

No es mérito de nadie vivir más de la cuenta; es cuestión de suerte y genética, ayudados por la alimentación sin grasas y costumbres sanas.

Ninguna persona consciente de lo que es vivir sin achaques desea llegar a los noventa y cinco que son los míos, sin la baba caída como es notorio que ocurra en determinadas personas de avanzada edad.

Tampoco nadie quiere vivir tan pocos años siendo famoso como Alejandro Magno, que murió rondando la edad de Cristo. Ni por supuesto ninguna persona joven quiere irse al otro barrio, como santa Teresa, que, siendo ya madurita lloraba por los rincones por no morir para vivir junto a su amado. Eso hubiera querido yo seguir viviendo con la mía, que se fue al cielo a punto de cumplir los noventa con la mente sana.

Y no es la edad el asunto, si no lo que has hecho con tu vida. Por esto temo llegar a las puertas del Cielo porque sé que en la antesala esperan los que vivieron conmigo y tendré que darles cuentas.

Por eso quiero quedarme aquí sin dar explicaciones a nadie, y cuando las tenga que dar a los que esperan en el vestíbulo celestial, que sea lo más tarde posible por mucho que desee estar con los míos a los que adoro y les pido que me esperen unos años más de propina para dar fin a mis sueños en la tierra.

VEJEZ

Es un tiempo tan digno de ser vivido como la juventud, la madurez y la senectud si las personas tienen la suerte de tener una salud medianamente aceptable.

Apasionantes etapas para disfrutarlas con alegría, pese a las contrariedades que conlleva la vida de cualquier persona con años.

Una palpable longevidad que el halo del tiempo confunde y aturde todo lo que a ver no alcanza nuestra avanzada edad.

A pesar de ello, no se nos escapan los problemas naturales, ni admitimos tanta burocracia, los trámites bancarios enrevesados o desplazamientos por una ciudad tan vieja en los barrios que te puedes romper la crisma si no caminas despacio y con mil ojos.

Y no por tontos ni viejos dejamos de ver la carestía de vida y que por ello afirmamos que las pensiones corrientes no alcanza más de los veinte días para lograr una manutención digna sin necesidad de vitaminas que no las pasa la Seguridad Social.

Dicen los despistados que envejecer es un arte cuando lo que es, es una suerte. El arte lo tienen aquellos que flotan y triunfan en el horizonte infinito por la seguridad de sus economías. Estos tienen aseguradas sus vidas y las de sus descendientes por varias generaciones en progresión geométrica, que lo retrata muy bien la televisión si somos observadores.

Los magnates, ¿o mangantes? Me pregunto yo. Esos sí que son felices pensando en su jubilación y no los que viven cada día pendientes de los precios de los alimentos, de las facturas de la luz, el transporte o el gas y la calefacción.

Los que permiten este cambalache acortan con ello una forma de envejecer saludable que los gobernantes la pintan de mil colores como daltónicos interesados, cuando la realidad se impone ante promesas vacías que se incrementan cuando llegan las elecciones.

Hasta la vista

Cuando llegue mi hora, más próxima que lejana, porque la veo venir sin miedo y de la forma más natural, quiero mandaros como adelanto de mi adiós definitivo en compañía de mi esposa, un puñadito de flores de nuestro jardín de mil colores, cultivadas por los dos cual pobre presente para la familia y los amigos que sentirán mi marcha al más allá, como lo hicieron con mi esposa, con los mejores recuerdos, que de lo material más vale no hablar.

De todos vosotros sólo quiero la retentiva de nuestras buenas horas y olvidéis las malas, si las hubo, que fueron sin intención malsana.

Y no hablo de pedir perdón, porque sólo a Dios incumbe tal inmensa tarea conmigo por faltas juveniles o desavenencias mayores, porque sé que Él dejará de lado las molestias que causé sin males mayores que las viví sin mala fe, o quizá, debido a mis despistes congénitos.

DESPEDIDA

Hay ocasiones en las que acelero y recopilo lo escrito en circunstancias pasadas porque temo que mis últimos momentos de vida están cercanos, aunque por mi aspecto externo resulte difícil creerlo, pero todo llega a su hora, ni un minuto antes ni un segundo después y no quiero que me pille sin dar explicaciones.

No es porque el corazón siempre amenazante en sus latidos deje de funcionar de repente; pero sí porque, además la Parca siempre es adusta e impertinente.

No me asustar morir y sé que llegará sin previo aviso, pero hasta entonces no quiero ser una carga ni dar la lata con lo que escribo.

Eso sí; quiero pediros que, aunque me llegue esa inevitable cita camino del más allá no olvidéis el cariño y dedicación que he tenido con los que han compartido nuestro techo familiar y los amigos de verdad con los que siempre estuve a su disposición. De esto sabía mi mujer mucho más que yo que atendió a todos sin esperar mi opinión. Algunos con sitio en la mesa y muchos en mi corazón. Ellos saben quiénes son los que me ofrecieron su amistad y morada sin ninguna condición.

Gracias os doy a todos por vuestro cariño y pido perdón por ese carácter especial del que tantas veces me acusó la familia por mi forma de hablar.

— No es malo lo que dices, si no los modos y el tono que usas al opinar, –decían mi mujer o mis hijos cuando expresaba mi opinión a mi manera. A nadie gusta que le lleven la contraria sin elementos de juicio. Y la razón suprema está en manos de Dios, y no en el docto licenciado o el que más chilla.

A la casa del Señor iré si me admiten en ese hogar definitivo e incierto al que iremos todos: los malos malísimos y amnistiados. Y, a los que sembraron cizaña sin explicación convincente que los perdone el diablo.

Sueño con abrazar a un mártir como mi padre que se encuentra a la vera del Señor para echarme una mano como siempre lo hizo desde su seno en todas las facetas de mi existencia de las que, algunas, no puedo estar orgulloso, pero sí satisfecho por mi tesón y mi lucha para conseguir las buenas.

A mis hijos les digo que no estén orgullosos del que se ha ido porque sólo conocen mis buenas obras personales como adulto y desconocen las tretas de mi niñez y algunas de juventud.

Como niño asilvestrado no supe valorar el sacrificio de una vida atormentada como la de mi madre por las situaciones crueles que tuvo que soportar; primero la prisión de sus hijos por su modo de pensar, y más tarde la de mi padre y su muerte después sin más explicación que ser religioso como norma vital. Más tarde la pérdida de sus hijos mayores que se fueron a Rusia por vengar la muerte de nuestro padre con la División Azul.

Mártir y santa madre sin reconocimiento humano que lo hizo todo por Dios, al que pido perdón por no compartir su idea de perdón y clemencia. Yo solo pido justicia porque ya llegará el indulto de quien para eso tiene usía nuestro padre Redentor al que pido gracia por mis extravíos.

Con ella y con los míos que se fueron antes que yo, espero estar presto para daros un abrazo sin hacerles daño con mi huesudo chasis de un quijote español que hoy descubre lo que ha sido en vida.

Adiós, queridos míos.

Índice